रातों रात कोई नहीं मरता

कोविड-19 महामारी के दौरान एक धावक द्वारा बनाया गया फिटनेस मैनुअल

संजय बनर्जी

Ukiyoto Publishing

सभी वैश्विक अधिकार *प्रकाशन के पास हैं*

Ukiyoto Publishing

2023 में प्रकाशित

सामग्री कॉपीराइट © संजय बनर्जी

ISBN 9789360161842

सर्वाधिकार सुरक्षित।

प्रकाशक की पूर्व अनुमति के बिना, इस प्रकाशन का कोई भी भाग किसी भी रूप में, इलेक्ट्रॉनिक, मैकेनिकल, फोटोकॉपी, रिकॉर्डिंग या अन्यथा पुनर्प्राप्ति प्रणाली में पुन: प्रस्तुत, प्रसारित या संग्रहीत नहीं किया जा सकता है।

लेखक के नैतिक अधिकारों का दावा किया गया है।

यह नॉन-फिक्शन का काम है. नाम, पात्र, व्यवसाय, स्थान, स्थान और घटनाएं वास्तविक हैं और वास्तविक घटनाओं पर आधारित हैं। उल्लिखित व्यक्तियों के नाम वास्तविक हैं और अस्तित्व में हैं।

यह पुस्तक इस शर्त के अधीन बेची जाती है कि इसे प्रकाशक की पूर्व सहमति के बिना, व्यापार के माध्यम से या अन्यथा उधार नहीं दिया जाएगा, पुनर्विक्रय नहीं किया जाएगा, किराए पर नहीं दिया जाएगा या अन्यथा प्रसारित नहीं किया जाएगा, इसके अलावा किसी भी प्रकार की बाइंडिंग या कवर के रूप में जिसमें यह प्रकाशित है।

www.ukiyoto.com

अंतर्वस्तु

परिचय	1
कोविड-19 महामारी 2020 के माध्यम से एक धावक की यात्रा	9
वर्चुअल रनिंग	16
फिटनेस के पाँच पहलू	21
व्यायाम में ऊर्जा स्थानांतरण	27
दौड़ने की सही मुद्रा	36
प्रशिक्षण में लैक्टेट सीमा	41
अधिकतम ऑक्सीजन ग्रहण	48
चल ताल	60
साँस लेने की यांत्रिकी	66
अपने रनिंग शूज़ का चयन करना	75
वृद्ध धावक	91
नींद का महत्व	99
व्यायाम और दीर्घायु	113
विटामिन और खनिजों का महत्व	121
कार्बोहाइड्रेट पर मिथक	133

बेहतर प्रदर्शन के लिए भोजन	146
शाकाहार	159
दौड़ दिवस की तैयारी	166
मधुमेह के बारे में आपको क्या जानना चाहिए	179
रक्त डोपिंग	194
भारतीय खेल प्राधिकरण के विद्यार्थियों के प्रश्नों के उत्तर	205
2021 के लिए रनिंग लक्ष्य	225
लेखक के बारे में	233

संजय बनर्जी

परिचय

मार्च 2020 में पहले लॉक डाउन की घोषणा होने के बाद, मैं उसी महीने प्रिज्म जॉनसन लिमिटेड से महाप्रबंधक के रूप में अपने 60वें जन्मदिन पर सेवानिवृत्त होने वाला था। मैंने अभी हाल ही में जनवरी 2020 में टाटा मुंबई मैराथन में मैराथन दौड़ पूरी की थी, और प्रतिष्ठित प्रोकैम स्लैम टाइटल के लिए चार अलग-अलग शहरों में 10 किलोमीटर से 42 किलोमीटर तक की चार अलग-अलग दूरी 12 की अवधि में पूरी करने का कार्यक्रम पूरा किया था। महीने. 2019 में मैं एशिया की तीन सबसे बड़ी मैराथन मुंबई (जनवरी), कुआलालंपुर (सितंबर) और सिंगापुर (नवंबर) में फुल मैराथन (42 किलोमीटर) दौड़ने वाले सबसे उम्रदराज भारतीयों में से एक बन गया।

चूंकि लॉकडाउन ने सार्वजनिक स्थानों पर आवाजाही को प्रतिबंधित कर दिया था, इसलिए हमारी हाउसिंग कॉलोनी की छत पर पानी के पाइप पर चढ़कर और डिश-एंटीना को किनारे करके दौड़ने का एक अभिनव तरीका

अपनाया गया। कंपनी के प्रबंधन ने, एक दुर्लभ संकेत में, मेरा कार्यकाल दिसंबर 2020 के अंत तक लगभग एक वर्ष बढ़ा दिया। सीएसआर विभाग में काम करने के लिए पड़ोसी गांवों को राहत-सहायता प्रदान करने की तत्काल आवश्यकता के कारण कार्यालय में निरंतर उपस्थिति की आवश्यकता होती है। .

मुख्य चिकित्सा अधिकारी से अनुमति मिलने के बाद, मैंने सुबह-सुबह हाउसिंग कॉलोनी में 3 किलोमीटर के लूप पर पूरी तरह से नकाब पहनकर दौड़ना शुरू कर दिया। जल्द ही, मेरे प्रोत्साहन पर, कुछ अन्य लोगों ने भी शीर्ष प्रबंधन की पूरी तरह से नकाबपोश होने की सख्त शर्त का पालन किया।

हालाँकि, कई स्वास्थ्य संगठनों और डॉक्टरों द्वारा असंगत साँस लेने के खतरों को महसूस करने के बाद मास्क पहनना अनिवार्य नहीं किया गया था, और रनिंग बिरादरी को सुझाव दिया गया था कि जब अकेले व्यायाम के लिए बाहर जाना हो, या यदि आप बाहर हों तो कपड़े से चेहरा ढंकना आवश्यक नहीं हो सकता है। ऐसी जगह जहां आपका सामना किसी और से न हो।

सीएमओ ने सहमति व्यक्त कि हमारा समूह चलता रहेगा, लेकिन सामाजिक दूरी बनाए रखनी होगी। वास्तविक दौड़ की कमी के कारण, हमने आभासी दौड़ दौड़ में भाग लेने का विकल्प खोजा, जिसमें मोबाइल फोन पर अपलोड किए गए रनिंग ऐप पर या जीपीएस घड़ी का उपयोग करके हमारी दौड़ को रिकॉर्ड करना शामिल था। मैंने 26 अप्रैल, 2020 को आयोजित देश की पहली 10K वर्चुअल दौड़ के लिए पंजीकरण कराया। इसके बाद, मैंने अप्रैल 2020 और दिसंबर 2020 के बीच 117 वर्चुअल दौड़ में भाग लेकर एक राष्ट्रीय रिकॉर्ड बनाया। दूरी 5 किलोमीटर से 42 किलोमीटर के बीच थी।

इससे पहले 2019 में, मेरी पहली किताब, 'क्रॉसिंग द फिनिश लाइन' दिवाली के दौरान अमेज़न और फ्लिपकार्ट पर प्रकाशित और रिलीज़ हुई थी। 230 पन्नों की यह किताब एक शुरुआती धावक के लिए छह महीने में हाफ मैराथन दौड़ने में सक्षम होने के लिए एक प्रशिक्षण कार्यक्रम थी। पुस्तक में दौड़ने से संबंधित व्यापक मुद्दों को शामिल किया गया है और वजन घटाने, आहार, चोट-रोकथाम, महिलाओं की विशेष

जरूरतों और अन्य पहलुओं पर अनुभागों को शामिल करके दौड़ने के विज्ञान का उदाहरण दिया गया है।

2020 में महामारी के दौरान, कार्यालय समय से अधिक काम न करने का लाभ उठाते हुए, मैंने स्टैनफोर्ड विश्वविद्यालय से खाद्य और स्वास्थ्य में और कोलोराडो विश्वविद्यालय से व्यायाम विज्ञान में दो ऑनलाइन पाठ्यक्रम किए।

जून 2020 और अप्रैल 2021 के बीच, मुझे रनिंग और फिटनेस पर फ़िनिशर मैगज़ीन में अपने लेख प्रकाशित होने का सौभाग्य मिला। मुझे तत्कालीन संपादक ने आमंत्रित किया था, सोहिनी चक्रवर्ती, फिटनेस, स्वास्थ्य और सहभागीखेल पर विशेषज्ञ पैनल में शामिल होंगी। वे सामग्री निर्माण में विश्वास नहीं करते थे, बल्कि क्षेत्र में विशेषज्ञों के योगदान को प्रोत्साहित करते थे। फ़िनिशर मैगज़ीन ने पहले व्यक्तिगत खेल यात्राओं, अविश्वसनीय कारनामों, साझा अनुभवों और धीरज गतिविधियों और अन्य सहभागी खेल पर जानकारी पूर्ण लेखों को बड़े पैमाने पर कवर किया था।

उन्होंने एक खुला जुड़ाव मंच भी लॉन्च किया था, जहां कोई भी सहनशक्ति गतिविधियों, पोषण, गियर

और अन्य सभी संबंधित विषयों पर प्रश्न पोस्ट कर सकता था, जिसका विशेषज्ञ पैनल लगभग Quora की तरह उत्तर देगा। महामारी के कारण अभूतपूर्व स्थिति को देखते हुए, उन्होंने वर्तमान फिटनेस जरूरतों को पूरा करने के लिए 'वर्कआउट फ्रॉम होम' पर एक श्रृंखला शुरू की थी। उन्होंने एक पेज भी लॉन्च किया था जिसमें विशेषज्ञों द्वारा योगदान किए गए वर्कआउट पर वीडियो थे।

डिजिटल प्लेटफ़ॉर्म पर प्रदर्शित होने वाले मेरे लेखों के अलावा, मुझसे भारतीय खेल प्राधिकरण (SAI) द्वारा प्रशिक्षण शिविरों में भाग लेने वाले छात्रों द्वारा पूछे गए कुछ प्रश्नों के उत्तर देने का भी अनुरोध किया गया था। यह वास्तव में एक बड़ा सौभाग्य था और मैंने उनके सवालों का जवाब दिया। दुर्भाग्य से, सोहिनी चक्रवर्ती ने अप्रैल 2021 में अपने चरम पर दिमाग हिला देने वाली डिजिटल पत्रिका को छोड़ दिया। इसके तुरंत बाद, डिजिटल प्लेटफ़ॉर्म ने प्रकाशन बंद कर दिया।

मैं दिसंबर 2020 में कोरोना वायरस से संक्रमित पाया गया था, और अपनी पत्नी और बेटे के साथ दो सप्ताह के

लिए घर पर क्वारंटाइन था। हम तीनों का परीक्षण सकारात्मक रहा, लेकिन हम भाग्यशाली थे कि हमें गंध और स्वाद की हानि और तापमान जैसे हल्के लक्षण थे, जो शुरुआती कुछ दिनों के बाद दवा से कम हो गए। चूंकि उस समय, मैंने वर्चुअल दौड़ के लिए पंजीकरण कराया था, इसलिए मैंने इसे रद्द न करने का फैसला किया और अपने घर के अंदर 3 किलोमीटर की दूरी तक दौड़ लगाई। यह मेरे क्वारंटाइन का दसवां दिन था।

मैं 31 दिसंबर, 2020 को अपने संगठन से सेवानिवृत्त हो गया और अप्रैल 2021 में, महामारी की दूसरी लहर के बीच, मनाली में अटल बिहारी वाजपेयी इंस्टीट्यूट ऑफ माउंटेनियरिंग एंड अलाइड स्पोर्ट्स में 28 दिनों के बेसिक माउंटेनियरिंग कोर्स में भाग लिया और कोर्स पूरा किया। ए ग्रेड के साथ, ऐसा करने वाला वह भारत का सबसे उम्रदराज व्यक्ति है।

19 सितंबर 2021 को, मैं 10 किलोमीटर की वर्चुअल रेस में अधिकतम भागीदारी के लिए गिनीज वर्ल्ड रिकॉर्ड टीम का हिस्सा था।

इस बीच, मेरी दूसरी पुस्तक, 'द माउंटेनियरिंग हैंडबुक (एसेंशियल नॉलेज, स्किल्स एंड टेक्निक्स)' अमेज़ॅन,

फ्लिपकार्ट और गूगल बुक्स में प्रिंट, किंडल और डिजिटल प्रारूप में जारी की गई। पुस्तक का विमोचन 26-09-22 को अटल बिहारी वाजपेयी पर्वतारोहण एवं संबद्ध खेल संस्थान, मनाली के निदेशक श्री अविनाश नेगी द्वारा किया गया। इसके बाद, मुझे 2023 की शुरुआत में भारतीय प्रौद्योगिकी संस्थान, बॉम्बे, भारतीय प्रौद्योगिकी संस्थान, इंदौर और नेहरू पर्वतारोहण संस्थान, उत्तरकाशी में इस पुस्तक के बारे में बात करने के लिए आमंत्रित किया गया था।

मुझे फिनिशर पत्रिका में प्रकाशित अपने लेखों और इस पुस्तक के लिए विशेष रूप से लिखे गए कुछ अन्य लेखों को संकलित करने का विचार तब आया, जब मैंने 25 फरवरी और 5 मार्च, 2023 के बीच प्रगति मैदान, नई दिल्ली में आयोजित नई दिल्ली विश्व पुस्तक मेले का दौरा किया। फिनिशर पत्रिका बंद होने के बाद फिनिशर पत्रिका से मेरे लेख प्रकाशित करने की अनुमति प्रोकैम इंटरनेशनल के मुख्य वित्तीय अधिकारी श्री महेश बालकृष्ण से ली गई थी। वर्चुअल रनिंग पर मेरे द्वारा लिखा गया एक लेख 07-05-20 को द हितवादा में प्रकाशित हुआ था। मैंने इसे अपनी पुस्तक में पुन: प्रस्तुत

करने के लिए द हितवादा की सुश्री आसावरी शेनोलोकर से अनुमति ली है।

महामारी की पहली लहर के दौरान मधुमेह पर मेरे द्वारा लिखा गया एक और लेख, जो अभी तक प्रकाशित नहीं हुआ है, इस संग्रह में शामिल किया गया है।

संजय बनर्जी

कोविड-19 महामारी 2020 के माध्यम से एक धावक की यात्रा

जनवरी 2020 में एक नियमित पूर्ण मैराथन दौड़ने के बाद, मैं वसंत और शरद ऋतु के दौरान कई दौड़ों के लिए तैयारी कर रहा था, जब महामारी ने 218 देशों को प्रभावित किया और कई देशों में तालाबंदी कर दी, आंदोलन को गंभीर रूप से प्रतिबंधित कर दिया और उन लोगों के लिए संगरोध लागू कर दिया, जो कोविड से प्रभावित थे- 19 वायरस.

शुरू में, अपने जीवन में पहली बार, मैंने दो सप्ताह तक अपने घर से बाहर निकलने की हिम्मत नहीं की। यह उस व्यक्ति के लिए कठिन लग रहा था, जो पिछले 12 वर्षों से सप्ताह में तीन बार दौड़ने का आदी था। तभी, सोशल मीडिया पर ब्राउज़ करते समय, मुझे 26 अप्रैल, 2020 के लिए निर्धारित देश का पहला वर्चुअल रन मिला और मैंने 10K इवेंट के लिए पंजीकरण कराया, जिसमें एक फिनिशिंग सर्टिफिकेट, मेडल, टी शर्ट, मास्क और एक

ग्रेनोला बार शामिल था। मैंने हमारी हाउसिंग कॉलोनी में मास्क लगाकर 3K लूप में दूरी तय की। सुबह 5:00 बजे सड़क पर कोई नहीं था. अंत में, मुखौटा मेरी लार से गीला हो गया था। पहले मैं मास्क पहनकर दौड़ता था, जो कॉटन का बना होता था और सांस लेने योग्य होता था।

इसके बाद जैसे-जैसे महामारी बिगड़ती गई, काम पर जाने वाले पुलिस और स्वास्थ्य कर्मियों को छोड़कर कई शहरों में सड़कों पर शायद ही कोई वाहन यातायात था। मैंने देश भर में 20 सहयोगियों का एक सोशल मीडिया समूह बनाया, जो अंतर्राष्ट्रीय और घरेलू दोनों तरह की आभासी दौड़ के लिंक भेज रहा था। उनमें से अधिकांश ने निःशुल्क भागीदारी प्रमाणपत्र या थोड़े से पंजीकरण शुल्क पर समय प्रमाणपत्र की पेशकश की। मेडल और टी शर्ट के लिए ज्यादा कीमत चुकानी पड़ी. वर्चुअल रन में भी विभिन्न संयोजन थे। कोई भी व्यक्ति प्रत्येक दौड़ के लिए एक डिजिटल प्रमाणपत्र के साथ दौड़ की एक श्रृंखला का विकल्प चुन सकता है, जिसके बाद सर्किट पूरा करने के बाद एक समेकित पदक और प्रमाणपत्र दिया जाएगा। सबसे लंबी श्रृंखला हर रविवार को 16 रनों की थी, जिसके तहत धावक के नाम के साथ 16 मंदिरों की एक फ्रेमयुक्त

तस्वीर बनाई जाती थी। फिर मासिक दौड़ होती थी जिसमें महीने के अंत में एक प्रमाण पत्र के साथ एक पदक या ट्रॉफी प्रदान की जाती थी। जैसे-जैसे प्रतिबंधों ने विभिन्न स्तर के नियंत्रण क्षेत्रों को रास्ता दिया, जिससे लोगों के लिए आवागमन आसान हो गया, नई आभासी दौड़ें दौड़ने और साइकिल चलाने या दोनों में से किसी एक विकल्प के साथ आईं।

कई स्वास्थ्य संगठनों और डॉक्टरों द्वारा असंगत श्वास के खतरों को महसूस करने और चल रहे समुदाय को सुझाव देने के बाद मास्क पहनना अनिवार्य नहीं किया गया था।जब आप अकेले व्यायाम के लिए बाहर हों या आप ऐसी जगह पर हों जहां आपका सामना किसी और से न हो, तो कपड़े से चेहरा ढंकना आवश्यक नहीं हो सकता है। अगर आप लोगों के करीब नहीं जा रहे हैं तो चेहरा ढकने का कोई फायदा नहीं है।

मैंने अपनी अधिकांश दौड़ें अकेले या साथी धावकों से बीस फीट की दूरी रखते हुए दौड़ीं। मैंने निम्नलिखित बिंदुओं के साथ अपने सहकर्मियों को भी यही सलाह दी:

1. दौड़ने वाले क्षेत्र में यात्रा करते समय मास्क पहनें। दौड़ शुरू करने से पहले मास्क हटा लें और दौड़ पूरी होने के बाद इसे लगाएं। लगाने में आसानी के लिए मास्क को गर्दन के चारों ओर लगाएं।

2. दौड़ से पहले और बाद में साबुन और पानी से हाथ धोएं या सैनिटाइज़र का उपयोग करें।

3. साथी धावकों के बीच बीस फीट की दूरी रखें.

4. जितना हो सके अकेले दौड़ने की कोशिश करें।

5. कन्टेनमेंट ज़ोन में रहने वालों के लिए, घर, बालकनी, छतों या पार्किंग स्थल के अंदर दौड़ें।

6. यदि ट्रेडमिल या साइकिल व्यायामकर्ता तक पहुंच है, तो इसका उपयोग करें।

7. रन विवरण रिकॉर्ड करने के लिए अपने एंड्रॉइड फोन में प्ले स्टोर से एक निःशुल्क रनिंग ऐप डाउनलोड करें।

मैंने अधिकांश हाफ मैराथन सुबह 4:00 बजे दौड़ी, जब सड़कों पर कोई नहीं होता था। इसी तरह मेरी फुल मैराथन दौड़ पहले भी हुई थी। देश में बड़ी संख्या में धावक सुबह और उसके बाद दोपहर और

शाम के समय भी राष्ट्रीय राजमार्गों पर समूहों में दौड़ना शुरू कर देते हैं। एक युवा मैराथन धावक जिसे मैं जानता था, उसने लॉकडाउन के दौरान राष्ट्रीय राजमार्ग पर एक निश्चित क्षेत्र में आधी रात को पूर्ण मैराथन दौड़ने के लिए स्थानीय पुलिस से अनुमति भी ली थी। एनसीसी कैडेट होने के कारण उन्हें विशेष अनुमति दी गई।

धीरे-धीरे हर देश ने अपने अलग-अलग राज्यों में जोखिम आकलन के हिसाब से नियम बनाए। इसका मतलब यह है कि यदि आप ऐसे क्षेत्र में रहते हैं, जहां सामुदायिक प्रसार कम है, तो दो या तीन अन्य लोगों के साथ दौड़ना सुरक्षित हो सकता है जिन पर आप भरोसा करते हैं और वे वायरस के साथ किसी भी बातचीत या संभावित जोखिम के बारे में ईमानदार होंगे।

महामारी के दौरान 2020 के मध्य में दौड़ने में तेजी आई, क्योंकि हर कोई स्वस्थ शरीर के लाभों को समझता था और यह महसूस करता था कि शारीरिक रूप से सक्रिय रहने के लिए दौड़ना सबसे अच्छे विकल्पों में से एक हो सकता है। आख़िरकार,

दौड़ने के लिए उपयुक्त जूतों और कपड़ों के अलावा टीम के साथियों, मैदान, जिम या किसी विशेष उपकरण की आवश्यकता नहीं होती है।

कुछ दौड़ने वाले समूहों ने मार्ग पर जलपान काउंटरों के साथ धावकों की संख्या कम रखते हुए वास्तविक दौड़ शुरू की। दौड़ के अंत में, पदक धावक को सौंप दिए गए और गले में नहीं लपेटे गए। ऐसी दौड़ें बहुत कम थीं। जाने-माने दौड़ने वाले संगठनों ने वास्तविक दौड़ को विशिष्ट धावकों तक सीमित करके शारीरिक दूरी का पालन करने और सरकारी मंजूरी के साथ एक चयनित मार्ग पर दौड़ने का प्रयोग शुरू कर दिया। इवेंट के अन्य सभी प्रतिभागियों ने अपने स्वयं के विशिष्ट रनिंग ऐप का उपयोग करके वर्चुअल रूप से भाग लिया।

2020 के अंत तक, यह स्पष्ट हो गया कि महामारी जल्दी से दूर नहीं होने वाली थी और टीकों की दौड़ धीरे-धीरे ही सही, फल दे रही थी। भंडारण और तार्किक निहितार्थ वैक्सीन की प्रगति के रास्ते में खड़े थे, लेकिन कुछ देशों में सफलता मिल रही थी, जो दिसंबर में टीकाकरण अभियान शुरू कर चुके हैं।

वर्तमान स्थिति लोगों को कुछ अलग तरीके से करने के लिए प्रेरित कर रही है, जो लंबे समय में एक अच्छी बात हो सकती है। दौड़ को स्वयं को अभिव्यक्त करने के एक नए तरीके के रूप में देखें। जैसा कि हम जानते हैं, महामारी जीवन को बदलती रहेगी। उन परिवर्तनों को सकारात्मक भी बना सकता है।

वर्चुअल रनिंग

25 मार्च से 17 मई 2020 तक लागू लॉकडाउन के बावजूद, इसने शारीरिक फिटनेस के शौकीनों और दौड़ने के शौकीनों के उत्साह को कम नहीं किया है। भारत के विभिन्न हिस्सों से बड़ी संख्या में आभासी दौड़ें सामने आई हैं। आठ दिनों की अवधि में, मैं, एक 60 वर्षीय कॉर्पोरेट अल्ट्रा-मैराथन धावक, ने तीन आभासी दौड़ों में भाग लिया है। पहला 26 अप्रैल को लॉक डाउन इंडोर रन का आयोजन रेस डायरेक्टर मिहिका वानी गुप्ता द्वारा तीन इवेंट के साथ किया गया था। उन्होंने दावा किया है कि उनका वर्चुअल रन देश में पहला होगा। 2 मई को रन फॉर वॉरियर्स और 3 मई को राजस्थान टूरिज्म वर्चुअल वॉक था। मैंने दिन के अलग-अलग समय में सभी दौड़ों में भाग लिया, अपने घर, बरामदे और छत के अंदर 5 किलोमीटर की पैदल दूरी से लेकर दो 10 किलोमीटर की दूरी तक दौड़ना या चलना।

आभासी दौड़ ने देश और दुनिया में तूफान ला दिया है। इनडोर वर्चुअल रेस में आप अपने घर के अंदर एक क्षेत्र में

चल सकते हैं, दौड़ सकते हैं या स्पॉट-जॉगिंग कर सकते हैं। आपको आयोजक द्वारा चयनित दिन पर कार्यक्रम पूरा करना होगा। कुछ आभासी दौड़ें थीम-आधारित होती हैं, जैसे कि कोविड योद्धाओं के लिए।

कुछ कार्यक्रम निःशुल्क हैं, और आपको भागीदारी का एक आकर्षक प्रमाणपत्र मिलता है जिस पर आपका नाम अंकित होता है। कुछ में अतिरिक्त कीमत पर एक पदक, मास्क और टी-शर्ट शामिल हैं। कुछ लोग आपको मुफ़्त पंजीकरण पर भागीदारी प्रमाणपत्र या अतिरिक्त कीमत पर प्रमाणपत्र, पदक और टी-शर्ट का विकल्प देते हैं। आपके द्वारा उनके लिंक पर दौड़ विवरण अपलोड करने के बाद ई-प्रमाणपत्र आपके ई-मेल पते पर भेजा जाता है, जो आमतौर पर पंजीकरण पर ई-मेल के माध्यम से प्राप्त पुष्टिकरण टिकट के साथ आता है। लॉकडाउन चरण समाप्त होने के बाद प्रतिभागी को पदक और टी-शर्ट कूरियर से भेजा जाना है।

यदि आपके पास गार्मिन या टॉम टॉम जैसी ग्लोबल पोजिशनिंग वॉच (जीपीएस) घड़ी नहीं है, तो आपको Google Play Store से एक फ्री रन ऐप डाउनलोड करना होगा। ऐसे कई ऐप हैं जैसे स्ट्रावा, रंटैस्टिक, रनकीपर,

मैपमायरन, एंडोमोंडो आदि। अपने एंड्रॉइड मोबाइल फोन में ऐप डाउनलोड करने के बाद, जब आप अपना इवेंट शुरू करते हैं तो आपको स्टार्ट बटन दबाना होगा, और पूरा होने पर स्टॉप बटन दबाना होगा। दौड़/वॉक डेटा को दौड़ आयोजक द्वारा ई-मेल के माध्यम से भेजे गए लिंक पर अपलोड करना होगा।

आम तौर पर, आपको दौड़ के दिन से 24 घंटे के भीतर दौड़/पैदल विवरण अपलोड करना होगा। इनडोर रन पर डॉक्टरों, फिजियोथेरेपिस्ट और प्रशिक्षकों की राय विभाजित है। कुछ लोगों ने एक करीबी सीमित क्षेत्र के अंदर किए गए कई लूपों और घुमावों के कारण पीठ के निचले हिस्से में दर्द, पैर और टखने की चोटों की निराशाजनक तस्वीर पेश की है। भारत की पहली वर्चुअल रन की रेस डायरेक्टर मिहिका वाही गुप्ता जैसे कुछ धावक भाग्यशाली हैं कि उनके घर के अंदर दौड़ के लिए 50 मीटर का क्षेत्र है। इसी तरह, फैशन डिजाइनर और मैराथन धावक नम्रता जोशीपुरा ने अपने घर के अंदर बालकनी से डाइनिंग रूम तक 50 मीटर की जगह बनाने के लिए साफ-सफाई की, जिसमें वह सप्ताहमें लगभग तीन बार दौड़ती हैं।

मैं, प्रिज्म जॉनसन लिमिटेड में एक ब्रांड इमेज सलाहकार के रूप में काम करते हुए, अपने सहयोगियों संदीप गायकवाड़, प्रताप बिस्वाल और गिरीश जोशी के साथ जुड़ने का सौभाग्य प्राप्त हुआ, जिन्होंने राजस्थान टूरिज्म वर्चुअल वॉक में भाग लिया, सभी एक सामान्य लक्ष्य से जुड़े और अलग हो गए। देश भर में विभिन्न भौगोलिक स्थानों और प्रभागों द्वारा। जनवरी में, हम चारों ने हमारी कंपनी के लोगो वाली टी-शर्ट पहनकर टाटा मुंबई मैराथन में हिस्सा लिया था। आभासी दौड़ का मतलब ही यही है - देश भर के सहकर्मियों, धावकों, दोस्तों और रिश्तेदारों से जुड़ना, भले ही कोई अपने घर से बाहर नहीं निकल सकता हो। राजस्थान टूरिज्म वर्चुअल वॉक में 32 देशों की भागीदारी थी, जिससे यह दुनिया की सबसे बड़ी वर्चुअल वॉक बन गई।

लॉकडाउन तीन में रेड, ऑरेंज या ग्रीन जोन के आधार पर कई प्रतिबंधों को हटाने के साथ, बड़ी संख्या में धावकों को अपनी कॉलोनियों, निजी सड़कों और उन क्षेत्रों में जहां आवाजाही की अनुमति है, दौड़ने और चलने का अवसर मिल रहा है। फेस-मास्क और सामाजिक दूरी के मानदंडों

को बनाए रखना। आभासी दौड़ें महामारी की समाप्ति और जीवन के सामान्य होने के बाद भी बनी रहेंगी।

फिटनेस के पाँच पहलू

यदि हम अपने फिटनेस स्तर को बेहतर बनाने के लिए किसी प्रशिक्षण कार्यक्रम से गुजरते हैं, तो यह जानबूझकर किया जा सकता है कि फिटनेस एक बहुत ही गलत समझी जाने वाली अवधारणा है। मूल रूप से मानव शरीर की बेहतर समझ के पाँच पहलू हैं। चूँकि शारीरिक रूप से, सभी मनुष्य समान पैदा होते हैं, ये पाँच पहलू एक महत्वाकांक्षी धावक के फिटनेस लक्ष्य को बेहतर बनाने में महत्वपूर्ण भूमिका निभाते हैं।

वे हैं:

ह्रदय की मज़बूती

यह ह्रदय और श्वसन प्रणाली की थकान के प्रभाव को महसूस किए बिना विस्तारित समय-सीमा के लिए कंकाल की मांसपेशियों तक ऑक्सीजन युक्त रक्त पहुंचाने की क्षमता है।

फिटनेस के इस घटक को पहले कम तीव्रता वाले व्यायाम जैसे बिना रुके बीस मिनट तक चलना आदि से बढ़ाया जाता है। ऐसे व्यायाम प्रकृति में एरोबिक होते हैं जिनमें कम तीव्रता वाली मांसपेशियों की गतिविधियाँ शामिल होती हैं। एक बार जब महत्वाकांक्षी धावक साठ मिनट तक एक ही गतिविधि कर सकता है, तो तीव्रता को या तो गति (तेज दौड़ना), झुकाव (पहाड़ियों पर चलना या दौड़ना) या प्रतिरोध (दौड़ते समय दोनों पैरों पर प्रतिरोध बैंड पहनना) बढ़ाकर बढ़ाया जाना चाहिए।

हृदय संबंधी सहनशक्ति महत्वपूर्ण है, क्योंकि इसके बिना मांसपेशियों की सहनशक्ति को चुनौती नहीं दी जा सकती। एक बार जब हृदय संबंधी थकान शुरू हो जाती है, तो शरीर की मांसपेशियों की ताकत का उपयोग करना असंभव हो जाता है। यही कारण है कि मैराथन दौड़ते समय यदि आपके फेफड़ों को पर्याप्त ऑक्सीजन नहीं मिल रही है, तो आपके पैर थक जाएंगे।

मांसपेशीय मज़बूती

इसका सीधा सा अर्थ है कंकाल की मांसपेशियों या कंकाल की मांसपेशियों के समूह की बिना थके लंबे समय तक

सामान्य स्तर पर लगातार सिकुड़ने की क्षमता। दौड़ने से शरीर के निचले हिस्से की मांसपेशियों को मजबूती मिलेगी। पूरे शरीर में एक समान मांसपेशियों की सहनशक्ति प्राप्त करने के लिए, ऊपरी और निचले शरीर दोनों के लिए व्यायाम की आवश्यकता होती है जैसे कि सप्ताह में 3 दिन अलग-अलग शारीरिक व्यायाम जैसे सोमवार को दौड़ना, बुधवार को तैराकी और शुक्रवार को कैलीस्थेनिक्स को समर्पित करना। यह सुनिश्चित करेगा कि शरीर के सभी हिस्से मांसपेशियों की सहनशक्ति से अनुकूलित हो जाएं।

मांसपेशियों की सहनशक्ति के बिना, हृदय संबंधी सहनशक्ति को चुनौती नहीं दी जा सकती। यदि किसी व्यक्ति की हृदय संबंधी सहनशक्ति बहुत अच्छी है, लेकिन उसके पैरों में मांसपेशियों की सहनशक्ति अच्छी नहीं है, तो वह लंबी दूरी तक दौड़ने में सक्षम नहीं होगा। इसके अलावा, पैर की मांसपेशियों में मांसपेशियों की सहनशक्ति की कमी के कारण सामान्य दिल की धड़कन के बावजूद, किसी व्यक्ति को लंबी अवधि तक सीढ़ियां चढ़ने में कठिनाई हो सकती है।

मस्कुलोस्केलेटल ताकत

इसे एक अधिकतम संकुचन में बल उत्पन्न करने के लिए कंकाल की मांसपेशियों के समूह की क्षमता के रूप में वर्णित किया गया है। फिटनेस के इस घटक में कमी से शरीर ऑस्टियो-आर्थराइटिस और स्पॉन्डिलाइटिस जैसे प्रारंभिक अधः पतन की ओर ले जाता है। मस्कुलोस्केलेटल प्रणाली की कमजोरी के कारण प्रतिरोध के खिलाफ बल लगाने वाले किसी भी कार्य को करते समय शरीर को चोट लगने का खतरा अधिक होता है, जैसे टार रोड पर हाफ मैराथन दौड़ना, आपके घुटनों, टखनों या पीठ के निचले हिस्से को चोट पहुंचाए बिना।

चोटों को रोकने के लिए, मस्कुलोस्केलेटल की अच्छी ताकत होना अत्यंत महत्वपूर्ण है। वजन-प्रशिक्षण अभ्यास 3-किलोग्राम डंबल बेल्स की एक जोड़ी के साथ शुरू करके किया जाना चाहिए और इस तरह के वजन प्रशिक्षण से अतिरिक्त ताकत प्राप्त होने के बाद इसे 5-किलोग्राम और उससे अधिक तक बढ़ाया जाना चाहिए।

लचीलापन

यह जोड़ों के चारों ओर गति की पूर्ण और संपूर्ण श्रृंखला को बनाए रखने की शरीर की क्षमता है। यह कंकाल की मांसपेशियों को उनकी लोच खोने की अनुमति न देकर प्राप्त किया जाता है। चोटों को रोकने के लिए पर्याप्त लचीलापन आवश्यक है। एक कठोर मांसपेशी जिसने अपनी लोच खो दी है, किसी जोड़ के चारों ओर गति की एक पूरी श्रृंखला से गुजरने की कोशिश करने की स्थिति में उसके फटने की संभावना अधिक होती है।

लचीलेपन की कमी के कारण दौड़ते समय चोट लग सकती है। उदाहरण के लिए, कड़ी पिंडलियों और हैमस्ट्रिंग वाले व्यक्ति को दौड़ते समय घुटने और पीठ के निचले हिस्से में चोट लग सकती है। शरीर की सुरक्षा के लिए हर रनिंग वर्कआउट के बाद स्ट्रेचिंग एक्सरसाइज जरूर करनी चाहिए।

आदर्श शारीरिक संरचना

यह व्यक्ति की वसा (वसा) ऊतक और दुबले शरीर के द्रव्यमान का आदर्श अनुपात बनाए रखने की क्षमता है। एक सामान्य महिला में एक सामान्य पुरुष की तुलना में

लगभग 5% अधिक वसा (वसा) ऊतक होता है। दुबले द्रव्यमान में टोन और आकार होता है, जबकि वसा अनटोन और आकारहीन होता है।

तदनुसार, दुबले द्रव्यमान में वृद्धि से शरीर आकार में रहता है और दृढ़ और सुडौल रहता है। दुबला द्रव्यमान चयापचय रूप से सक्रिय होता है, जबकि वसा अपनी चयापचय निष्क्रियता के कारण ऊर्जा व्यय में सीधे योगदान नहीं देता है। हालाँकि, यह कैलोरी की कमी के दौरान या अल्ट्रा-मैराथन दौड़ने जैसे लंबे समय तक तनाव के दौरान मानव शरीर में ऊर्जा भंडार गृह के रूप में कार्य करता है।

दुबले द्रव्यमान में वृद्धि से मस्कुलोस्केलेटल प्रणाली की ताकत बढ़ जाती है, जबकि वसा में वृद्धि से हृदय रोगों में वृद्धि होती है। आदर्श शारीरिक संरचना में सहायता के लिए प्रोटीन, कार्बोहाइड्रेट और वसा के रूप में पर्याप्त पोषण का उचित मात्रा में सेवन किया जाना चाहिए। संक्षेप में, सही पोषण के साथ व्यायाम व्यक्ति को एक आदर्श शारीरिक संरचना प्रदान करता है।

संजय बनर्जी

व्यायाम में ऊर्जा स्थानांतरण

शरीर में सभी जटिल चयापचय कार्यों की तुलना में, ऊर्जा की सबसे बड़ी मात्रा जोरदार शारीरिक गतिविधि में खर्च होती है। दौड़ने और तैराकी के दौरान, सक्रिय मांसपेशियों से ऊर्जा उत्पादन आराम की तुलना में 100 गुना अधिक हो सकता है। मैराथन दौड़ जैसे कम तीव्र, लेकिन निरंतर व्यायाम के दौरान, ऊर्जा की आवश्यकता आराम की तुलना में लगभग 20 से 30 गुना अधिक बढ़ जाती है। ऊर्जा हस्तांतरण के विभिन्न साधनों का सापेक्ष योगदान व्यायाम की तीव्रता और अवधि और प्रतिभागी की फिटनेस के आधार पर काफी भिन्न होता है।

अधिकांश प्रकार के व्यायाम के लिए कार्बोहाइड्रेट प्राथमिक ईंधन है और एथलेटिक प्रदर्शन के लिए सबसे महत्वपूर्ण पोषक तत्व है। हमारा शरीर प्रोटीन, वसा और कार्बोहाइड्रेट के संतुलित आहार से सबसे अधिक कुशलता से चलता है, लेकिन पर्याप्त कार्बोहाइड्रेट एथलीटों के लिए ऊर्जा का एक प्रमुख स्रोत है।

ऐसे व्यायाम में, सभी कोशिकाओं के लिए मूल ऊर्जा वाहक, एडेनोसिन ट्राइफॉस्फेट (एटीपी) का उत्पादन करने के लिए वसा और ग्लूकोज को जलाने के लिए ऑक्सीजन का उपयोग किया जाता है। प्रारंभ में, एरोबिक व्यायाम के दौरान, ग्लूकोज का उत्पादन करने के लिए ग्लाइकोजन टूट जाता है, लेकिन इसकी अनुपस्थिति में, इसके बजाय वसा चयापचय शुरू हो जाता है।

व्यायाम के दौरान, गति को नियंत्रित करने के लिए मांसपेशियां लगातार सिकुड़ती रहती हैं, एक ऐसी प्रक्रिया जिसके लिए ऊर्जा की आवश्यकता होती है। मस्तिष्क तंत्रिका गतिविधि के लिए आवश्यक आयन ग्रेडिएंट्स को बनाए रखने के लिए भी ऊर्जा का उपयोग कर रहा है। इन और अन्य जीवन प्रक्रियाओं के लिए रासायनिक ऊर्जा का स्रोत अणु एटीपी है।

एटीपी की आपूर्ति तीन अलग-अलग स्रोतों से होती है (1) क्रिएटिन फॉस्फेट, (2) ग्लाइकोलाइसिस-लैक्टिक एसिड सिस्टम (3) एरोबिक मेटाबॉलिज्म (ऑक्सीडेटिव फॉस्फोराइलेशन)। किसी भी समय मांसपेशियों की कोशिकाओं में मौजूद एटीपी छोटा होता है।

फेफड़े ऊर्जा प्रदान करने और कार्बन डाइऑक्साइड को हटाने के लिए शरीर में ऑक्सीजन लाते हैं, जो ऊर्जा उत्पादन के दौरान बनने वाला अपशिष्ट उत्पाद है। हृदय व्यायाम करने वाली मांसपेशियों तक ऑक्सीजन पंप करता है। जब आप व्यायाम करते हैं और आपकी मांसपेशियां अधिक मेहनत करती हैं, तो आपका शरीर अधिक ऑक्सीजन का उपयोग करता है और अधिक कार्बन डाइऑक्साइड पैदा करता है।

ऊर्जा एटीपी अणु के फॉस्फेट समूहों के बीच के बंधनों में संग्रहीत होती है। जब एटीपी एडीपी (एडेनोसिन डिफॉस्फेट) और अकार्बनिक फॉस्फेट में टूट जाता है तो ऊर्जा निकलती है। सेलुलर श्वसन के दौरान, आपके द्वारा खाए गए भोजन के रासायनिक बंधों से ऊर्जा को एटीपी में स्थानांतरित किया जाना चाहिए।

ऊर्जा का स्रोत जिसका उपयोग कामकाजी मांसपेशियों में संकुचन की गति को शक्ति देने के लिए किया जाता है, एडेनोसिन ट्राइफॉस्फेट (एटीपी) है, जो ऊर्जा को संग्रहीत और परिवहन करने का शरीर का जैव रासायनिक तरीका है। हालाँकि, एटीपी कोशिकाओं में बहुत अधिक मात्रा में संग्रहीत नहीं होता है। इसलिए एक बार जब मांसपेशियों

में संकुचन शुरू हो जाता है, तो अधिक एटीपी का निर्माण तेजी से शुरू होना चाहिए।

छोटी अवधि और उच्च तीव्रता वाले प्रदर्शन जैसे कि 100 मीटर की दौड़, 25 मीटर की तैराकी या भारी भारोत्तोलन के लिए ऊर्जा की तत्काल और तीव्र आपूर्ति की आवश्यकता होती है। यह ऊर्जा लगभग विशेष रूप से व्यायाम के दौरान सक्रिय विशिष्ट मांसपेशियों के भीतर संग्रहीत एटीपी (एडेनोसिन ट्राइफॉस्फेट) और सीपी (क्रिएटिन फॉस्फेट) जैसे उच्च-ऊर्जा फॉस्फेट या फॉस्फेट से प्रदान की जाती है।

सभी खेलों में ऊर्जा हस्तांतरण के लिए उच्च ऊर्जा फॉस्फेट के उपयोग की आवश्यकता होती है। फ़ुटबॉल, भारोत्तोलन, टेनिस या वॉलीबॉल में सफलता के लिए प्रदर्शन के दौरान संक्षिप्त लेकिन अधिकतम प्रयास की आवश्यकता होती है। यह कल्पना करना मुश्किल है कि फुटबॉल में गोल के लिए दौड़ने वाला, पोल वॉल्ट में ऊपर की ओर जोर लगाने वाला या लंबी कूद में संग्रहित उच्च ऊर्जा फॉस्फेट से तेजी से ऊर्जा उत्पन्न करने की क्षमता के बिना अंतिम दौड़ लगाने वाला एथलीट। ऊर्जा हस्तांतरण की यह क्षमता शारीरिक प्रशिक्षण द्वारा

संवर्धित होती है जो गतिविधि में आवश्यक मांसपेशियों द्वारा बिजली उत्पादन के संक्षिप्त विस्फोट पर जोर देती है।

निरंतर अभ्यास के लिए और पिछले संक्षिप्त प्रयास से उबरने के लिए, एटीपी पुनःपूर्ति के लिए अतिरिक्त ऊर्जा उत्पन्न की जानी चाहिए। अंत में, सेलुलर तरल पदार्थ और ऊतक क्षेत्रों के भीतर संग्रहीत कार्बोहाइड्रेट, लिपिड और प्रोटीन पोषक तत्व उच्च ऊर्जा फॉस्फेट के उपलब्ध पूल को लगातार रिचार्ज करने के लिए तैयार रहते हैं।

लैक्टेट सीमा

व्यायाम के सभी स्तरों पर रक्त लैक्टेट जमा नहीं होता है। हल्के व्यायाम के दौरान, मैराथन धावकों और अप्रशिक्षित व्यक्तियों दोनों की ऊर्जा की मांग ऑक्सीजन की खपत करने वाली प्रतिक्रियाओं से पर्याप्त रूप से पूरी होती है। मांसपेशियों की क्रिया के लिए एटीपी मुख्य रूप से हाइड्रोजन के ऑक्सीकरण (ऑक्सीकरण तब होता है जब एक परमाणु, अणु या आयन रासायनिक प्रतिक्रिया में एक या अधिक इलेक्ट्रॉन खो देता है) द्वारा उत्पन्न ऊर्जा के माध्यम से प्रदान किया जाता है।

व्यायाम में बनने वाला कोई भी लैक्टिक एसिड उच्च ऑक्सीडेटिव क्षमता वाले हृदय और आसपास के मांसपेशी फाइबर द्वारा तेजी से ऑक्सीकृत हो जाता है। जैसे-जैसे व्यायाम अधिक तीव्र होता जाता है, लैक्टेट का उत्पादन तेज हो जाता है और मांसपेशी कोशिकाएं न तो लैक्टेट को उसके उत्पादन की दर पर ऑक्सीकरण कर पाती हैं और न ही एरोबिक रूप से अतिरिक्त ऊर्जा मांगों को पूरा कर पाती हैं।

अधिकतम ऑक्सीजन ग्रहण

यह ऑक्सीजन की अधिकतम मात्रा का माप है, जिसका उपयोग एक एथलीट गहन अभ्यास के दौरान कर सकता है और इसे प्रति किलोग्राम ऑक्सीजन के मिलीलीटर में मापा जाता है। अपने अधिकतम ऑक्सीजन उपभोग को बढ़ाने का सबसे अच्छा तरीका है कि आप अपनी अधिकतम गति से 800 मीटर के छोटे अंतराल पर दौड़ें और उसके बाद 5000 मीटर की दूरी पूरी करने तक 200 मीटर की धीमी जॉगिंग करें।

तेज़ और धीमी गति से हिलने वाले मांसपेशी फाइबर

शरीर में विभिन्न प्रकार के मांसपेशी फाइबर होते हैं, जिन्हें इस आधार पर वर्गीकृत किया जाता है कि वे ऊर्जा कैसे उत्पन्न करते हैं। विभिन्न मांसपेशी फाइबर को विशिष्ट अभ्यासों का उपयोग करके प्रशिक्षित किया जा सकता है जो इस बात पर ध्यान केंद्रित करने के लिए डिज़ाइन किए गए हैं कि वे कैसे ऊर्जा पैदा करते हैं या बल उत्पन्न करते हैं। जबकि विभिन्न प्रकार के मांसपेशी फाइबर की पहचान की गई है, उन्हें आम तौर पर धीमी-चिकोटी या तेज़-चिकोटी के रूप में वर्गीकृत किया जाता है। धीमी-चिकोटी मांसपेशी फाइबर मैराथन दौड़ जैसी लंबी दूरी की सहनशक्ति गतिविधियों का समर्थन करते हैं, जबकि तेज़-चिकोटी मांसपेशी फाइबर तेज, शक्तिशाली गतिविधियों जैसे कि दौड़ना या भारोत्तोलन का समर्थन करते हैं।

ऊर्जा स्पेक्ट्रम

ऊर्जा हस्तांतरण को एक पैमाने के रूप में मानना सुविधाजनक है जिसमें एक चरम पर, व्यायाम के लिए कुल ऊर्जा लगभग पूरी तरह से इंट्रामस्क्युलर उच्च ऊर्जा फॉस्फेट द्वारा आपूर्ति की जाती है। 800 मीटर की दौड़

जैसे दो मिनट तक चलने वाले गहन व्यायाम के लिए आवश्यक ऊर्जा का आधा हिस्सा एटीपी-सीपी (एडेनोसिन ट्राइफॉस्फेट- क्रिएटिन फॉस्फेट) और लैक्टिक एसिड सिस्टम द्वारा आपूर्ति की जाती है, जबकि शेष ऊर्जा एरोबिक प्रतिक्रियाओं द्वारा आपूर्ति की जाती है। इन परिस्थितियों में उत्कृष्टता प्राप्त करने के लिए, एक एथलीट के पास एरोबिक और एनारोबिक चयापचय दोनों के लिए अच्छी तरह से विकसित क्षमता होनी चाहिए। दस मिनट तक किया जाने वाला मध्यवर्ती अवधि का गहन व्यायाम जैसे कि 3 किलोमीटर की दौड़ या तैराकी या टेनिस का खेल, जिसके परिणामस्वरूप एरोबिक ऊर्जा हस्तांतरण की अधिक मांग होती है। मैराथन दौड़ जैसे लंबी अवधि के प्रदर्शन,

विभिन्न गतिविधियों की ऊर्जा मांगों की समझ आंशिक रूप से बताती है कि क्यों मैराथन धावक धावकों से भिन्न होते हैं और क्यों दोनों प्रकार के धावक शारीरिक गतिविधि के दूसरे क्षेत्र में उत्कृष्टता प्राप्त करने में असमर्थ होते हैं। व्यायाम प्रशिक्षण के लिए उपयुक्त दृष्टिकोण में इसके विशिष्ट ऊर्जा घटकों के संदर्भ में गतिविधि का विश्लेषण और शारीरिक और चयापचय

कार्यों में इष्टतम अनुकूलन सुनिश्चित करने के लिए उन प्रणालियों का प्रशिक्षण शामिल है। ऊर्जा हस्तांतरण की बेहतर क्षमता आमतौर पर बेहतर व्यायाम प्रदर्शन में तब्दील हो जाती है।

दौड़ने की सही मुद्रा

अच्छी खबर यह है कि दौड़ना सबसे अच्छे तरीकों में से एक है जिससे हम अपनी मुद्रा में सुधार कर सकते हैं। यह शरीर को गुरुत्वाकर्षण सहित बलों के संयोजन में समायोजित करने के लिए प्रेरित करता है। आसन किसी भी अच्छी दौड़ने की तकनीक की आधारशिला है।

जब हम दौड़ते समय थक जाते हैं, तो नीचे गिरना और श्रोणि का आगे की ओर झुकना स्वाभाविक है। यह सबसे आम शारीरिक प्रतिक्रिया है, जब हम दौड़ते समय थक जाते हैं। इससे हमारी पीठ के निचले हिस्से या हमारी काठ की रीढ़ में आर्च बढ़ जाता है और शरीर का आकार असुरक्षित स्थिति में आ जाता है।

जो बात इस आसन को और भी खतरनाक बनाती है वह यह है कि हर बार जब हम दौड़ते हुए कदम पर बैठते हैं तो इसका प्रभाव बढ़ जाता है। हमारी रीढ़ की हड्डी में हमारे कशेरुकाओं के बीच डिस्क

के रूप में प्राकृतिक शॉक अवशोषक बने होते हैं। जब हम दौड़ते समय जमीन पर जोर से प्रहार कर रहे होते हैं, तो हमें उन शॉक अवशोषकों पर प्रभाव को कम करने की आवश्यकता होती है।

ग्लूट्स नितंबों की मांसपेशियां हैं और इसकी भूमिका श्रोणि और कूल्हे को स्थिर करना है। तो इस आगे की ओर झुकने की स्थिति में, हम अपने ग्लूट्स को संलग्न नहीं होने दे रहे हैं और इस तरह हर लैंडिंग के साथ हमारी रीढ़ पर प्रभाव बढ़ रहा है। इसलिए दौड़ते समय सही मुद्रा का होना बहुत जरूरी है।

जैसे ही आप लंबे समय तक दौड़ने और मजबूत बने रहने के लिए अपनी यात्रा शुरू करते हैं, दौड़ने की सही शैली विकसित करना आवश्यक है, जो धीरे-धीरे आपमें स्वाभाविक रूप से आनी चाहिए।

सिर

आपका सिर सीधा और थोड़ा आगे की ओर झुका होना चाहिए।

मुँह

आरामदायक, थोड़े खुले मुंह से सांस लें। कुछ धावक नाक से सांस लेना और फिर मुंह से सांस छोड़ना पसंद करते हैं। अपना मुँह थोड़ा सा खोलें और जितनी भी ऑक्सीजन आप प्राप्त कर सकते हैं उसे सोख लें, लेकिन यह इतना चौड़ा नहीं होना चाहिए कि कोई मक्खी या कीट इसमें प्रवेश कर सके।

कंधे

कंधे ऊँचे की बजाय नीचे होने चाहिए। तनाव ग्रस्त होने के बजाय सीधा या थोड़ा आगे की ओर झुकना चाहिए।

भुजाएं

भुजाएं कोहनी पर लंबवत मुड़ी होनी चाहिए। कमर और अपनी पसलियों के निचले हिस्से के बीच आगे-पीछे झूलें। जितना संभव हो थोड़ा अगल-बगल गति करने का प्रयास करें। अपने आपको प्रत्येक तरफ कुछ इंच की जगह दें।

हाथ

हाथ आधी मुठ्ठी होनी चाहिए । दबाओ मत। अपनी अधिकांश दौड़ के लिए उन्हें कमर के स्तर और पसली-पिंजरे के स्तर के बीच रखें । आपकी बांह की ताल आपके कदम की नकल करनी चाहिए । दौड़ते समय या ऊपर चढ़ते समय उन्हें ऊंचा और जोर से पंप करें। अंगूठों को ढीला और मुट्ठी से बाहर रखें ।

पीठ

पीठ सीधी होनी चाहिए या छाती सीधी होने के साथ थोड़ा आगे की ओर झुकना चाहिए।

घुटने

आपके घुटनों को हल्का सा ऊपर उठाना चाहिए। आपको अपने घुटनों को जांघ की मांसपेशियों में ऊपर उठता हुआ महसूस नहीं करना चाहिए, जब तक कि आप ऊपर की ओर नहीं दौड़ रहे हों या तेजी से दौड़ नहीं रहे हों। पैरों को जमीन पर उतरने के लिए आपके ठीक आगे तक पहुंचना चाहिए और

आपके पीछे की ओर झुकना चाहिए और आपका पैर आपके नितंबों की ओर आधा ऊपर जाना चाहिए।

पैर

मध्य पैर धीरे से जमीन पर आना चाहिए, सामने की ओर लुढ़कना चाहिए और अपने पैर के अगले भाग से (सिर्फ अपने पैर की उंगलियों से नहीं) धक्का देना चाहिए।

अंत में, पेल्विक क्षेत्र को मजबूत करने और अपनी दौड़ने की मुद्रा को बेहतर बनाने के लिए एक मजबूत कोर रखने के लिए प्लैंक, स्क्वैट्स और लंजेस जैसे रोजाना कुछ प्रकार के व्यायाम करना महत्वपूर्ण है।आपका कोर आपके शरीर को स्थिर करता है, जिससे आप उचित संतुलन के साथ-साथ किसी भी दिशा में आगे बढ़ सकते हैं। यह गिरने से बचाता है और आपके शरीर को सहारा देता है।

संजय बनर्जी

प्रशिक्षण में लैक्टेट सीमा

आज मैं लैक्टेटथ्रेशोल्ड शब्द पर चर्चा करूंगा जो एक ऐसी घटना है जो प्रशिक्षण के दौरान शरीर में होती है, लेकिन अगर इसे ठीक से नहीं समझाया गया तो इसे समझना मुश्किल हो जाता है। मैं दौड़ने के इस प्राथमिक पहलू की व्याख्या करने जा रहा हूँ। दौड़ने के विज्ञान को समझना जरूरी है। तभी आप अपना प्रदर्शन सुधार सकते हैं।

लैक्टेट या लैक्टिक एसिड, जैसा कि आमतौर पर जाना जाता है, सत्तर के दशक से एक वैज्ञानिक शब्द था।लैक्टेट लैक्टिक एसिड का आयनिक (विद्युत आवेशित) रूप है। यह अवायवीय (ऑक्सीजन की कमी) ऊर्जा उत्पादन के दौरान मांसपेशियों की कोशिकाओं, लाल रक्त कोशिकाओं, मस्तिष्क और अन्य ऊतकों द्वारा निर्मित होता है और आमतौर पर रक्त में कम सांद्रता में मौजूद होता है।

जबकि लैक्टिक एसिड इस बात में योगदान देता है कि दौड़ के अंत में हमें चोट क्यों लगती है, लैक्टेट वास्तव में ऊर्जा का एक स्रोत है। आपका शरीर ऊर्जा के लिए ग्लूकोज को तोड़ता है और इस प्रक्रिया का एक उप-उत्पाद लैक्टेट होता है। आसान दौड़ के दौरान, आपका शरीर इस लैक्टिक एसिड को पुनः ऊर्जा में परिवर्तित और पुनर्चक्रित करता है और अपशिष्ट उत्पादों को कुशलतापूर्वक बाहर निकालता है। इसलिए, आसान एरोबिक गति से चलने पर लैक्टेट का उत्पादन अपेक्षाकृत स्थिर रहेगा, जिसके लिए ऊर्जा की भारी मांग की आवश्यकता नहीं होती है।

जैसे-जैसे आप तेजी से दौड़ते रहेंगे और अधिक ऊर्जा की मांग करेंगे, लैक्टिक एसिड का उत्पादन धीरे-धीरे बढ़ेगा। किसी बिंदु पर, चाहे वह बहुत तेज़ गति हो या बहुत लंबे समय तक स्थिर गति बनाए रखना हो, लैक्टिक एसिड का उत्पादन बढ़ जाएगा और आपका शरीर लैक्टेट को वापस ऊर्जा में परिवर्तित करने और अपशिष्ट उत्पादों को बाहर निकालने में सक्षम नहीं होगा। इस बिंदु को

आमतौर पर आपकी लैक्टेट सीमा कहा जाता है। फिर लैक्टिक एसिड आपके सिस्टम में भर जाएगा, मांसपेशियों की शक्ति कम हो जाएगी और आप धीमे होने लगेंगे। अंततः, दौड़ के दौरान आपकी गति धीमी होने में लैक्टिक एसिड सबसे बड़ा योगदानकर्ताओं में से एक है।

तो, संक्षेप में, आपकी लैक्टेट सीमा को सबसे तेज़ गति के रूप में परिभाषित किया गया है जिसे आप अपने शरीर की तुलना में अधिक लैक्टिक एसिड उत्पन्न किए बिना और इसे ऊर्जा में वापस परिवर्तित किए बिना चला सकते हैं। यह गति आमतौर पर 10 मील या आधी मैराथन दौड़ की गति से मेल खाती है। इसलिए, टेम्पो रन या थ्रेसहोल्ड रन मूल रूप से एक कसरत है जिसे आपको आपके लैक्टेट थ्रेशोल्ड गति से ठीक नीचे या गति पर दौड़ने के लिए डिज़ाइन किया गया है।

अपनी लैक्टेट सीमा के ठीक नीचे दौड़ने से, आप उस गति को कम करना (या सुधारना, यह इस पर निर्भर करता है कि आप इसे कैसे देखते हैं) शुरू कर सकते हैं, जिस गति से आप अपने शरीर के प्रबंधन

के लिए बहुत अधिक लैक्टिक एसिड का उत्पादन शुरू करते हैं।

उदाहरण के लिए, हाफ मैराथन के लिए प्रशिक्षण योजना की शुरुआत में, आपकी सीमा 6 मिनट प्रति किलोमीटर हो सकती है। इसका मतलब यह होगा कि आप इस गति से हाफ मैराथन दौड़ लगा सकते हैं। जैसे-जैसे आप अधिक टेम्पो रन करते हैं, आपका शरीर मजबूत होता जाता है, लैक्टिक एसिड के बढ़े हुए उत्पादन के अनुकूल हो जाता है और इस थ्रेसहोल्ड गति को घटाकर 5:45 प्रति किलोमीटर कर देता है। अब, चूंकि आपकी सीमा कम है, आप कम प्रयास के साथ तेजी से दौड़ने में सक्षम हैं, जिसका अर्थ है कि हाफ मैराथन धावक के लिए आप अधिक कुशलता से ईंधन जला सकते हैं; महत्वपूर्ण अंतिम तीन किलोमीटर के लिए इसे बचाकर रखें।

लैक्टेट थ्रेशोल्ड आमतौर पर धावकों में सबसे स्पष्ट कमजोरी है। इसे समझना आसान प्रशिक्षण शब्द नहीं है और टेम्पो रन को लैक्टेट थ्रेशोल्ड रेंज में बनाए रखने के लिए बहुत अधिक नियंत्रण और प्रयास की आवश्यकता होती है। 400 मीटर या 2

किलोमीटर की दूरी दोहराना बहुत अधिक मजेदार है। हालाँकि, आपकी लैक्टेट सीमा का विकास आपकी दौड़ को बेहतर बनाने के सबसे आसान तरीकों में से एक हो सकता है, अल्पकालिक और दीर्घकालिक दोनों।

लैक्टेट संचय को कम करने के लिए ईंधन स्रोत

सबसे लोकप्रिय में से दो बीटा-अलैनिन और सोडियम बाइकार्बोनेट हैं। बीटा-अलैनिन एक अमीनो एसिड है जिसका उपयोग प्रोटीन संश्लेषण में नहीं किया जाता है, बल्कि यह कार्नोसिन में परिवर्तित हो जाता है, जो मांसपेशियों में लैक्टिक एसिड संचय को कम करने में मदद करता है। इससे एथलेटिक प्रदर्शन में सुधार हो सकता है और थकान कम हो सकती है।

मैग्नीशियम का महत्व

मैग्नीशियम लचीलेपन में योगदान देता है और तंग मांसपेशियों को ढीला करके चोट को रोकने में मदद करता है। पर्याप्त मैग्नीशियम के बिना, मांसपेशियां ठीक से आराम नहीं कर पाती हैं, जिससे संभवतः ऐंठन हो सकती

है। शरीर में मैग्नीशियम की कम मात्रा लैक्टिक एसिड का निर्माण कर सकती है, जो कसरत के बाद दर्द और जकड़न का कारण बनता है।

लैक्टिक एसिडोसिस

लैक्टिक एसिडोसिस के लक्षणों में पेट या पेट की परेशानी, भूख में कमी, दस्त, उथली श्वास, असुविधा की सामान्य भावना, मांसपेशियों में दर्द या ऐंठन और असामान्य नींद, थकान या कमजोरी शामिल हैं। यदि आपके पास लैक्टिक एसिडोसिस का कोई लक्षण है, तो तुरंत आपातकालीन चिकित्सा सहायता प्राप्त करें।

एथलेटिक प्रदर्शन का बेहतर संकेतक

एक निश्चित बिंदु पर लैक्टेट इतनी तेजी से जमा होना शुरू हो जाता है कि मांसपेशियां इसे हटा नहीं पाती हैं और इसकी तीव्रता अब टिकाऊ नहीं रह जाती है। वीओ2 मैक्स की तुलना में उच्च लैक्टेट सीमा समग्र एथलेटिक प्रदर्शन का एक बेहतर संकेतक है क्योंकि यह इस बात की जानकारी प्रदान करता है कि मांसपेशियां उपलब्ध ऑक्सीजन का उपयोग कैसे कर रही हैं।

खाद्य पदार्थ जो लैक्टिक एसिड को कम करते हैं

संतुलित आहार का पालन करें जिसमें ताजा भोजन, दुबला मांस और साबुत अनाज शामिल हों, खासकर उस समय जब आप व्यायाम करते हैं। ऐसे खाद्य पदार्थों को शामिल करें जिनमें विटामिन बी, पोटेशियम और फैटी एसिड अधिक हों। वर्कआउट करने से पहले स्वस्थ भोजन खाने से ऊर्जा के स्तर को बढ़ाकर और रक्त में लैक्टिक एसिड को कम करके मांसपेशियों के दर्द को रोकने में मदद मिल सकती है।

अधिकतम ऑक्सीजन ग्रहण

VO2-MAX को अधिकतम ऑक्सीजन ग्रहण के रूप में भी जाना जाता है। यह गहन व्यायाम के दौरान एक व्यक्ति द्वारा उपयोग की जा सकने वाली ऑक्सीजन की अधिकतम मात्रा का माप है। यह एक सामान्य माप है जिसका उपयोग प्रशिक्षण से पहले या उसके दौरान किसी एथलीट की एरोबिक सहनशक्ति को स्थापित करने के लिए किया जाता है। VO2- MAX के लिए माप की इकाई प्रति किलोग्राम ऑक्सीजन का मिलीलीटर है।

अपने VO2 -MAX को बढ़ाने का सबसे अच्छा तरीका है कि आप अपनी अधिकतम गति से 800 मीटर के छोटे अंतराल पर दौड़ें, इसके बाद 200 मीटर की धीमी जॉगिंग करें। जब तक आप 5K (5000 मीटर) पूरी न कर लें, तब तक चालू चक्र जारी रखें।

VO2 MAX को मापने के लिए आप कई तरीकों का उपयोग कर सकते हैं, लेकिन कई तरीकों के लिए नियंत्रित परिस्थितियों में खेल प्रदर्शन प्रयोगशाला में

ट्रेडमिल या कैलिब्रेटेड व्यायाम चक्र जैसे उपकरणों की आवश्यकता होती है। आपको एक फेस मास्क पहनाया जाएगा जो एक मशीन से जुड़ा है, जो सांस लेने और छोड़ने वाली हवा में ऑक्सीजन और कार्बन डाइऑक्साइड की एकाग्रता के साथ-साथ आपकी श्वसन दर और मात्रा का विश्लेषण कर सकता है। हृदय गति मापने के लिए आपकी छाती के चारों ओर एक हृदय पट्टा पहना जाएगा। परीक्षण की अवधि लगभग 20 मिनट है।

परीक्षण की तैयारी के लिए, आपको आरामदायक जिम कपड़े पहनने होंगे। परीक्षण से पांच घंटे पहले भोजन, शराब, तंबाकू और कैफीन से बचना चाहिए और परीक्षण से 24 घंटे पहले कोई व्यायाम या प्रशिक्षण नहीं करना चाहिए।

सौभाग्य से, आज हमारे पास VO2 MAX की गणना करने के अन्य सरल साधन हैं।

प्रथम चरण:आपको अपनी विश्राम हृदय गति (आरएचआर) निर्धारित करनी होगी, जो सुबह बिस्तर से बाहर निकलने से पहले आराम करते समय आपकी नाड़ी को महसूस करके किया जा सकता है। पल्स को दो

उंगलियों का उपयोग करके जबड़े के नीचे कलाई या आपकी गर्दन के किनारे पर महसूस किया जा सकता है। प्रति मिनट दिल की धड़कन को मापें। इस तरह आपको अपनी विश्राम हृदय गति मिल जाएगी।

दूसरे चरण:आपको अपनी अधिकतम हृदय गति (एमएचआर) की गणना करनी होगी। कई सरल तरीके हैं, लेकिन आपकी अधिकतम दिल की धड़कन की गणना करने का सबसे सटीक तरीका जीपीएस वॉच से रीडिंग प्राप्त करना है जिसमें हार्ट मॉनिटर होता है। इस रीडिंग को प्राप्त करने के मेरे अनुभव में, तेज 2K या 3K के बजाय टेम्पो गति से 10K दौड़ना बेहतर है। भले ही आपके पास जीपीएस वॉच न हो, 10 किमी दौड़ने के बाद, अपनी नाड़ी महसूस करें और रीडिंग लें। आपकी प्रति मिनट रीडिंग आपकी अधिकतम हृदय गति होगी।

10K के दौरान 64 मिनट में जीपीएस वॉच का उपयोग करने पर मेरी अधिकतम हृदय गति इस प्रकार 157 थी:

गति हृदय गति

1 के 6:08 141

2K 6:23 156

3के 6:22 156

4के 6:37 155

5के 6:30 157

6के 6:24 156

7के 6:33 156

8के 6:33 157

9K 6:22 156

10के 6:17 157

3K के दौरान 17:26 मिनट पर मेरी अधिकतम हृदय गति 146 थी। यदि आप शुरुआती हैं, तो लगभग 800 मीटर तक जितनी तेजी से दौड़ सकते हैं दौड़ें, उसके बाद 5K तक चक्र जारी रखते हुए 200 मीटर धीमी गति से दौड़ें।

तीसरा चरण: VO2 MAX की गणना करने का सबसे सरल तरीका निम्नलिखित सूत्र का उपयोग करना है:

VO2 Max = 15 x (अधिकतम हृदय गति को विश्राम हृदय गति से विभाजित किया गया)

VO2Max = 15 x (MHR/RHR) मिलीलीटर ऑक्सीजन प्रति किलोग्राम प्रति मिनट

इसलिए ऐसे व्यक्ति के लिए जिसकी हृदय गति अधिकतम 157 और विश्राम हृदय गति 48 है।

VO2 **Max** = 15 x (157/48) मिली/किग्रा/मिनट

VO2 **Max** = 15 x 3.27 मिली/किग्रा/मिनट

VO2 **Max** = 49.05 मिली/किग्रा/मिनट

VO2 Max को प्रभावित करने वाले कारक निम्नलिखित हैं:

आयु कारक

उम्र VO2 Max स्कोर के साथ एक केंद्रीय भूमिका निभाती है, आमतौर पर 20 साल की उम्र तक चरम पर पहुंच जाती है, और एक गतिहीन व्यक्ति के लिए 65 साल की उम्र तक लगभग 30% की गिरावट आती है।

लिंग

पुरुष का VO2 Max आमतौर पर महिला की तुलना में अधिक होने में लिंग का भी योगदान होता है।

ऊंचाई

ऊंचाई केवल इसलिए योगदान देती है क्योंकि समुद्र तल की तुलना में 15,000 फीट पर उपभोग करने के लिए कम हवा होती है। इस प्रकार, उच्च ऊंचाई पर धावक प्रशिक्षण में आम तौर पर प्रत्येक 5,000 फीट की ऊंचाई पर VO2 Max में 5% की कमी होगी।

	औसत आदमी VO2 मैक्स					
आयु	बहुत गरीब	गरीब	गोरा	अच्छा	उत्कृष्ट	बेहतर
13 से 19 वर्ष	35 से कम	35 से 38	38 से 45	45 से 51	51 से 56	56 से अधिक
20 से 29 वर्ष	33 से कम	33 से 36	36 से 42	42 से 46	46 से 52	52 से अधिक

30 से 39 वर्ष	31 से कम	31 से 35	35 से 41	41 से 45	45 से 49	49 से अधिक
40 से 49 वर्ष	30 से कम	30 से 33	33 से 39	39 से 43	43 से 48	48 से अधिक
50 से 59 वर्ष	26 से कम	26 से 31	31 से 36	36 से 41	41 से 45	45 से अधिक
60 और उससे अधिक	20 से नीचे के	20 से 26	26 से 32	32 से 36	36 से 44	44 से अधिक

	औसत महिला VO2 MAX					
आयु	बहुत गरीब	गरीब	गोरा	अच्छा	उत्कृष्ट	बेहतर
13 से 19 वर्ष	25 के नीचे	25 से 31	31 से 35	35 से 39	39 से 42	42 से अधिक
20 से 29 वर्ष	23 से कम	23 से 29	29 से 33	33 से 37	37 से 41	41 से अधिक
30 से 39 वर्ष	23 से कम	23 से 27	27 से 31	31 से 35	35 से 40	40 से अधिक

40 से 49 वर्ष	21 से कम	21 से 24	24 से 29	29 से 33	33 से 37	37 से अधिक
50 से 59 वर्ष	20 से नीचे के	20 से 23	23 से 27	27 से 31	31 से 36	36 से अधिक
60 और उससे अधिक	17 वर्ष से कम	17 से 20	20 से 24	24 से 30	30 से 31	31 से अधिक

परिणामों को प्रशिक्षण में कैसे शामिल किया जाता है?

VO2 अधिकतम मूल्यों का उपयोग हर दिन के प्रशिक्षण में नहीं किया जा सकता है, लेकिन अनुवर्ती VO2 परीक्षणों का उपयोग प्रगति के माप के रूप में किया जा सकता है। हालाँकि, चूंकि हृदय गति, गति और या शक्ति को आमतौर पर VO2 अधिकतम परीक्षण के दौरान मापा जाता है, विभिन्न हृदय गति, गति और या शक्ति के स्तर को परीक्षण से प्राप्त किया जा सकता है और फिर उपयुक्त प्रशिक्षण क्षेत्रों से जोड़ा जा सकता है, जिन्हें बाद में रोजमर्रा के प्रशिक्षण पर लागू किया जाता है।

प्रशिक्षण VO2 Max को कैसे प्रभावित करता है?

प्रशिक्षण के परिणामस्वरूप शरीर के भीतर ऑक्सीजन परिवहन की दक्षता में वृद्धि होती है। विश्राम हृदय गति (आरएचआर) और अधिकतम भार से कम पर एचआर को कम करके, हृदय हर धड़कन के साथ अधिक रक्त पंप करता है। यह, अन्य शारीरिक परिवर्तनों के अलावा, ऑक्सीजन निष्कर्षण क्षमता को बढ़ाता है। जब एक ही भार पर व्यायाम करते समय प्रशिक्षण से पहले और बाद में किसी

व्यक्ति का परीक्षण किया जाता है, तो प्रशिक्षण के बाद कम एचआर दिखाया जाता है क्योंकि प्रत्येक दिल की धड़कन में अधिक रक्त (इस प्रकार, ऑक्सीजन) वितरित होता है। व्यायाम के दौरान ऐसे एचआर अंतर का उपयोग एरोबिक फिटनेस की भविष्यवाणी करने के लिए किया जा सकता है। VO2 Max में वृद्धि का प्रतिशत कई चर पर निर्भर है और अलग-अलग व्यक्तियों में 5 से 20% तक काफी भिन्न होता है। सामान्य तौर पर, जो व्यक्ति सबसे कम फिट होते हैं वे सबसे बड़े परिवर्तन देखते हैं और जो व्यक्ति अत्यधिक फिट होते हैं वे सबसे छोटे परिवर्तन देखते हैं।

स्वास्थ्य संबंधी विचार

महत्वपूर्ण मात्रा में शोध और सार्वजनिक स्वास्थ्य डेटा से संकेत मिलता है कि कम एरोबिक फिटनेस स्तर कई कारणों से, विशेष रूप से हृदय रोग से समय से पहले मौत के बढ़ते जोखिम से संबंधित है। तदनुसार, उच्च एरोबिक फिटनेस स्तर कई स्वास्थ्य लाभों से जुड़े होते हैं जैसे लंबी उम्र, जीवन

की बेहतर गुणवत्ता, स्ट्रोक, हृदय रोग, मधुमेह और कैंसर के जोखिम में कमी, मूड और आत्मसम्मान में सुधार और नींद के पैटर्न में सुधार। हृदय संबंधी स्वास्थ्य को बेहतर बनाने या बनाए रखने के लिए किसी व्यक्ति को प्रति सप्ताह कम से कम 3 बार हृदय संबंधी व्यायाम (दौड़ना, चलना, तैरना, साइकिल चलाना आदि) करना चाहिए।

प्रदर्शन का भविष्यवक्ता

VO2 Max भी प्रदर्शन का एक भविष्यवक्ता है, हालांकि धीरज वाले खेलों में एथलेटिक सफलता के साथ इसका संबंध केवल 30-40% है, जिसमें स्थायी लैक्टेट थ्रेशोल्ड, प्रेरणा और प्रशिक्षण जैसे अन्य कारक भूमिका निभाते हैं। सामान्य तौर पर, हालांकि, VO2 Max जितना अधिक होगा, एरोबिक सहनशक्ति कार्यक्रम में सफल प्रदर्शन की संभावना उतनी ही अधिक होगी।

चल ताल

आज, मैं चल ताल पर लिख रहा हूँ, जो एक निश्चित समयावधि में आपके पैर ज़मीन पर पड़ने वाली संख्या है, जो आमतौर पर प्रति मिनट मापी जाती है। इसे स्ट्राइड रेट के रूप में भी जाना जाता है। इसका मूलतः मतलब यह है कि आप जितनी तेज दौड़ेंगे, ताल उतनी ही ऊंची होगी। क्योंकि आगे की गति तभी होती है जब आपके पैर ज़मीन पर पड़ते हैं। आपको अपने आप को इस तरह से प्रशिक्षित करना होगा कि दौड़ते समय आपको जितनी जल्दी हो सके अपने पैरों को जमीन से ऊपर उठाना सीखना होगा। अपने अगले दौड़ में, गिनें कि प्रत्येक पैर कितनी बार जमीन से टकराता है। इसे आसान बनाने के लिए, अपना दायां या बायां पैर उठाएं, एक मिनट में यह जमीन से कितनी बार टकराता है, इसकी गिनती करें और इसे दो से गुणा करें। यह आपकी ताल दर है.

आपकी ऊंचाई, वजन, पैर, चलने की लंबाई और दौड़ने की क्षमता आपकी इष्टतम ताल निर्धारित करेगी। सामान्य धावक आम तौर पर प्रति मिनट 160-180 कदम के बीच चलते हैं, जबकि तेज धावक 200 कदम प्रति मिनट या उससे अधिक कदम जमीन पर दौड़ते हैं।

प्रशिक्षण ताल और गति कसरत ताल के बीच भी अंतर है। आम तौर पर, आपकी गति कसरत का ताल तेज़ होगा। दोनों प्रकार के रनों के लिए अपना ताल निर्धारित करें।

ताल में सुधार करना कठिन नहीं है, लेकिन इसमें समय लगता है। अपने शरीर को आपके नए बदलाव के अनुकूल ढलने के लिए स्वयं को छह से आठ सप्ताह का समय दें। विज़ुअलाइज़ेशन के माध्यम से, आप अपने मन और शरीर को उस कौशल को निष्पादित करने के लिए प्रशिक्षित कर सकते हैं जिसकी आप कल्पना कर रहे हैं।

अपने पैरों को कंधे की चौड़ाई पर फैलाकर दर्पण के सामने खड़े हो जाएं। अपनी भुजाओं और हाथों को ऐसे रखें जैसे कि आप दौड़ रहे हों। जितनी तेजी से

आप कर सकते हैं उतनी तेजी से दौड़ें, अपने घुटनों को आधा ऊपर लाएं। सुनिश्चित करें कि आपके घुटने सीधे आगे की ओर हों और आपकी एड़ियाँ ज़मीन को नहीं छू रही हों (पंजे की उंगलियों से ज़मीन को छुएं)।

20 सेकंड तक दौड़ें और फिर एक मिनट के लिए आराम करें। गिनें कि आपका दाहिना पैर कितनी बार ज़मीन से टकराता है। ड्रिल को दो बार और दोहराएं। इस अभ्यास को प्रति सप्ताह कुछ बार करें। ध्यान दें कि क्या आपके दाहिने पैर के ज़मीन पर पड़ने की संख्या बढ़ती है। इस अभ्यास के साथ, आप अपने पैरों को जितनी जल्दी हो सके ज़मीन से ऊपर उठना सिखा रहे हैं, जो तेज़ ताल दर में तब्दील हो जाता है।

एक सत्र में अपनी ताल को 180 स्ट्राइक प्रति मिनट तक लाने का प्रयास न करें। समय और दूरी में वृद्धि भी धीरे-धीरे होनी चाहिए। उदाहरण के लिए, एक मिनट के लिए तेज ताल पर दौड़ने से शुरुआत करें, तीन से पांच मिनट के लिए अपनी मूल ताल पर लौटें और फिर दोबारा तेज ताल पर दौड़ें।

आपके शरीर को आपकी उच्च ताल के अनुकूल ढलने में छह से आठ सप्ताह लग सकते हैं, लेकिन यह अनुकूलित हो जाएगा और स्मृति का हिस्सा बन जाएगा। जब आप अपने शरीर को कुछ करना सिखाते हैं, जैसे साइकिल चलाना या तेज गति से दौड़ना, तो यह एक शारीरिक रोड-मैप बनाता है जिसे आप किसी भी समय बना सकते हैं। तो, अगली बार जब आप दौड़ या दौड़ के लिए लाइन में लगेंगे, तो आपको अपने पैरों को जल्दी से पलटने के बारे में नहीं सोचना पड़ेगा। वे पहले से ही करेंगे.

उचित चलने की तकनीक

एक सटीक दौड़ने की चाल विकसित करने के लिए आर्म कैरिज और सही पैर का गिरना महत्वपूर्ण है, लेकिन अपने फॉर्म को बेहतर बनाने का सबसे आसान तरीका दौड़ने की लय पर ध्यान केंद्रित करना है। सही ताल प्रत्येक व्यक्ति के अनुसार अलग-अलग हो सकती है। इष्टतम ताल आमतौर पर लगभग 180 कदम प्रति मिनट माना जाता है।

अपनी प्रगति ताल का प्रशिक्षण करते समय प्रदर्शन और चोट की रोकथाम दोनों के लाभों पर विचार करें। जैसे-जैसे आप हर मिनट लगभग 180 बार फुटपाथ को थपथपाने के आदी हो जाते हैं, आपको चोट लगने की संभावना कम हो जाएगी।

चोटों को रोकना

कई अध्ययनों से पता चला है कि तेज़ दौड़ने की ताल धावक के फॉर्म को समायोजित करने में मदद करती है, और बदले में, कम चोटें लग सकती हैं। आम तौर पर यह पाया गया है कि कदम ताल में मामूली वृद्धि से घुटने और कूल्हे के जोड़ों पर भार में महत्वपूर्ण कमी आई है, जो सबसे अधिक प्रचलित दौड़ने वाली चोटों को रोकने में मदद कर सकती है।

यह ऊर्ध्वाधर लोडिंग दर और कंकाल प्रणाली, विशेष रूप से घुटनों, कूल्हों और पीठ के निचले हिस्से पर तनाव को कम करता है। लंबे कदमों वाले धावकों की तुलना में तेज ताल आम तौर पर धावक को पैर के मध्य में हिट करने के लिए प्रेरित करती है। यह

लंबा कदम धावकों को अपने पैरों को अपने शरीर के सामने फैलाने का कारण बनता है, जिससे एक ब्रेकिंग प्रभाव पैदा होता है। यह हानिकारक है और आपकी गति धीमी कर सकता है और चोट लग सकती है।

साँस लेने की यांत्रिकी

श्वसन शब्द में फुफ्फुसीय श्वसन (pulmunory respiration) शामिल है, जो सांस लेने और फेफड़ों में ऑक्सीजन और कार्बन डाइऑक्साइड के आदान-प्रदान और सेलुलर श्वसन (cellular respiration) को संदर्भित करता है, जो ऊतकों द्वारा ऑक्सीजन के उपयोग और कार्बन डाइऑक्साइड उत्पादन से संबंधित है।

मानव श्वसन प्रणाली में मार्गों का एक समूह होता है जो हवा को फ़िल्टर करता है और इसे फेफड़ों में ले जाता है, जहां गैस विनिमय सूक्ष्म वायु थैली के

भीतर होता है जिसे एल्वियोली (alveoli) कहा जाता है। श्वसन तंत्र के प्रमुख घटकों में नाक, नाक गुहा, ग्रसनी, श्वासनली, ब्रोन्कियल वृक्ष (bronchial tree) और फेफड़े शामिल हैं।

श्वसन तंत्र के वायु मार्ग को दो कार्यात्मक क्षेत्रों में विभाजित किया गया है जिसमें संचालन क्षेत्र

(श्वासनली, ब्रांकाई, टर्मिनल ब्रोन्किओल्स) और श्वसन क्षेत्र (श्वसन ब्रोन्किओल्स, वायुकोशीय नलिकाएं, वायुकोशीय थैली) शामिल हैं।

संचालन क्षेत्र

हम नाक से तब तक सांस लेते हैं जब तक फेफड़ों के अंदर और बाहर हवा की गति प्रति मिनट 20 से 30 लीटर तक नहीं पहुंच जाती, तब तक मुंह हवा के लिए प्राथमिक मार्ग बन जाता है, जो वाल्व जैसे उद्घाटन से होकर गुजरता है जिसे स्वर के बीच स्थित एपिग्लॉटिस कहा जाता है। डोरियाँ. श्वसन प्रणाली का संवाहक क्षेत्र न केवल हवा के लिए मार्ग के रूप में कार्य करता है, बल्कि फेफड़ों के श्वसन क्षेत्र की ओर बढ़ने पर हवा को नम और फ़िल्टर करने का भी कार्य करता है।

वातावरण के तापमान या आर्द्रता के बावजूद, फेफड़ों तक पहुंचने वाली हवा गर्म होती है और जल वाष्प से संतृप्त होती है। हवा का यह गर्म होना और आर्द्रीकरण शरीर के तापमान को सुरक्षित रखने का काम करता है और फेफड़ों के नाजुक ऊतकों को

सूखने से बचाता है। साँस के वायु कणों के संग्रह के कारण फेफड़ों की क्षति को सबसे पहले संवाहक क्षेत्र की कोशिकाओं द्वारा स्रावित बलगम द्वारा रोका जाता है, जो छोटे साँस के कणों को फँसाता है, जो सिलिअरी क्रिया के माध्यम से ग्रसनी की ओर बढ़ते हैं, जहाँ इसे निगल कर बाहर निकाला जा सकता है। दूसरे, मैक्रोफेज नामक कोशिकाएं जो एल्वियोली में रहती हैं, एल्वियोली तक पहुंचने वाले कणों को निगल जाती हैं।

श्वसन क्षेत्र

फेफड़ों में गैस का आदान-प्रदान लगभग 300 मिलियन छोटे एल्वियोली में होता है। इन संरचनाओं की बड़ी संख्या फेफड़ों को प्रसार के लिए एक बड़ा सतह क्षेत्र प्रदान करती है, जो उच्च सांद्रता वाले क्षेत्र से कम सांद्रता वाले क्षेत्र में अणुओं की गति है। इससे फेफड़ों से ऑक्सीजन रक्त में प्रवाहित होने लगती है। इसके अलावा, कार्बन डाइऑक्साइड रक्त से फेफड़ों में चला जाता है और समाप्त हो जाता है।

संजय बनर्जी

साँस लेने की प्रक्रिया

1. प्रेरणा

डायाफ्राम प्रेरणा की सबसे महत्वपूर्ण मांसपेशी है और जीवन के लिए आवश्यक मानी जाने वाली एकमात्र कंकाल मांसपेशी है। यह पतली गुम्बद के आकार की मांसपेशी निचली पसलियों में सम्मिलित होती है। जब डायाफ्राम सिकुड़ता है, तो यह पेट की सामग्री को नीचे और आगे की ओर धकेलता है। इसके अलावा पसलियों को बाहर की ओर उठा दिया जाता है। परिणाम के कारण फेफड़े फैल जाते हैं। फेफड़ों के इस विस्तार के परिणामस्वरूप वायुमंडलीय के नीचे इंट्राफुफ्फुसीय दबाव में कमी आती है, जो फेफड़ों में वायु प्रवाह की अनुमति देता है। सामान्य श्वास के दौरान डायाफ्राम प्रेरणा का अधिकांश कार्य करता है। हालाँकि, व्यायाम के दौरान, प्रेरणा की सहायक मांसपेशियों को काम में लाया जाता है। सामूहिक रूप से ये मांसपेशियाँ वक्ष का आयतन बढ़ाने में डायाफ्राम की सहायता करती हैं, जो प्रेरणा में सहायता करती है।

2. समाप्ति

सामान्य श्वास के दौरान निःश्वसन निष्क्रिय होता है। विश्राम के समय समाप्ति के लिए किसी मांसपेशीय प्रयास की आवश्यकता नहीं होती है। ऐसा फेफड़ों और छाती की दीवारों के लचीले होने और प्रेरणा के दौरान विस्तार के बाद संतुलन स्थिति में लौटने की प्रवृत्ति के कारण होता है। व्यायाम के दौरान श्वसन क्रिया सक्रिय हो जाती है। निःश्वसन में शामिल सबसे महत्वपूर्ण मांसपेशियां पेट की दीवार में पाई जाने वाली मांसपेशियां हैं, जिनमें रेक्टस एब्डोमिनस और आंतरिक तिरछी मांसपेशियां शामिल हैं। जब ये मांसपेशियां सिकुड़ती हैं, तो डायाफ्राम ऊपर की ओर धकेला जाता है और पसलियां नीचे और अंदर की ओर खिंचती हैं, जिसके परिणामस्वरूप समाप्ति होती है।

3. वायुमार्ग प्रतिरोध

फेफड़ों में वायु प्रवाह की किसी भी दर पर, जो दबाव अंतर विकसित होना चाहिए वह वायुमार्ग के प्रतिरोध पर निर्भर करता है। जब भी फुफ्फुसीय तंत्र में दबाव प्रवणता में वृद्धि होती है या वायुमार्ग प्रतिरोध में कमी होती है तो वायुप्रवाह बढ़ जाता है।

वायुमार्ग प्रतिरोध में योगदान देने वाला सबसे महत्वपूर्ण कारक वायुमार्ग का व्यास है। अस्थमा जैसी बीमारी के कारण जिन वायुमार्गों का आकार छोटा हो जाता है, वे स्वस्थ, खुले वायुमार्गों की तुलना में प्रवाह के प्रति अधिक प्रतिरोध प्रदान करते हैं।

श्वसन मांसपेशियाँ और व्यायाम

श्वसन मांसपेशियों, जो कंकाल की मांसपेशियां हैं, का प्राथमिक कार्य फेफड़ों से हवा को अंदर और बाहर ले जाने के लिए छाती की दीवार पर कार्य करना है। मांसपेशियों के व्यायाम के परिणामस्वरूप फुफ्फुसीय वेंटिलेशन(pulmunory ventilation) में वृद्धि होती है और श्वसन मांसपेशियों पर काम का बोझ बढ़ जाता है। लंबे समय तक और उच्च तीव्रता वाला व्यायाम श्वसन मांसपेशियों की थकान को बढ़ावा दे सकता है। हालाँकि, मैराथन के लिए नियमित सहनशक्ति व्यायाम प्रशिक्षण, श्वसन मांसपेशियों की ऑक्सीडेटिव क्षमता को बढ़ाता है और श्वसन मांसपेशियों की सहनशक्ति में सुधार करता है।

ऑक्सीजन का परिवहन

ऑक्सीजन प्लाज्मा में खराब घुलनशील होती है, जिससे 2 प्रतिशत से भी कम ऑक्सीजन प्लाज्मा में घुल जाती है। ऑक्सीजन का विशाल बहुमत बंधा हुआ हैहीमोग्लोबिन, एप्रोटीनलाल कोशिकाओं के भीतर निहित है। हीमोग्लोबिन से जुड़ी ऑक्सीजन की मात्रा उसमें ऑक्सीजन के आंशिक दबाव पर निर्भर करती हैफेफड़ाजिससे खून निकलता है। एल्वियोली मेंसमुद्र का स्तर, ऑक्सीजन का आंशिक दबाव हीमोग्लोबिन अणु पर अनिवार्य रूप से सभी उपलब्ध लौह स्थलों पर ऑक्सीजन को बांधने के लिए पर्याप्त है।

कार्बन डाइऑक्साइड का परिवहन

का परिवहनकार्बन डाईऑक्साइडरक्त में काफी अधिक जटिल है। कार्बन डाइऑक्साइड का एक छोटा सा हिस्सा, लगभग 5 प्रतिशत, अपरिवर्तित रहता है और रक्त में घुलकर ले जाया जाता है। शेष लाल रक्त कोशिकाओं या प्लाज्मा में प्रतिवर्ती रासायनिक संयोजनों में पाया जाता है। कुछ कार्बन

डाइऑक्साइड रक्त प्रोटीन, मुख्य रूप से हीमोग्लोबिन से जुड़कर बनता है मिश्रण कार्बामेट के नाम से जाना जाता है। रक्त में लगभग 88 प्रतिशत कार्बन डाइऑक्साइड बाइकार्बोनेट आयन के रूप में होता है। के आंतरिक भागों के बीच इन रसायनों का वितरणलाल रक्त कोशिका और आसपास का प्लाज्मा बहुत भिन्न होता है, लाल रक्त कोशिकाओं में बाइकार्बोनेट काफी कम और कार्बामेट अधिक होता है प्लाज्मा की तुलना में।

रक्त में मौजूद कार्बन डाइऑक्साइड की कुल मात्रा का 10 प्रतिशत से भी कम फेफड़ों से गुजरने के दौरान समाप्त हो जाता है। पूर्ण उन्मूलन से धमनी और शिरापरक रक्त के बीच अम्लता में बड़े बदलाव होंगे।

धावकों में व्यायाम प्रेरित अस्थमा

व्यायाम से किसी को भी सांस की तकलीफ हो सकती है। व्यायाम के कारण होने वाली वायुप्रवाह बाधा व्यायाम प्रेरित अस्थमा है। खांसी ईआईए का

सबसे आम लक्षण है और यह आपके लिए एकमात्र लक्षण हो सकता है।

जब आप व्यायाम करते हैं, तो आपके शरीर की ऑक्सीजन की बढ़ती मांग के कारण आप तेजी से और गहरी सांस लेते हैं। आप आमतौर पर अपने मुंह से सांस लेते हैं, जिससे जब आप अपनी नाक से सांस लेते हैं तो हवा शुष्क और ठंडी होती है। शुष्क और/या ठंडी हवा वायुमार्ग संकुचन (ब्रोंकोकन्स्ट्रिक्शन) के लिए मुख्य ट्रिगर है। जो व्यायाम आपको ठंडी, शुष्क हवा के संपर्क में लाता है, उसमें गर्म और आर्द्र हवा वाले व्यायाम की तुलना में अस्थमा के लक्षण होने की संभावना अधिक होती है। अन्य ट्रिगर जो ईआईए के लक्षणों को बदतर बना सकते हैं:

प्रदूषण का स्तर

उच्च पराग गिनती

धूम्रपान और तेज़ धुएं जैसे अन्य उत्तेजक पदार्थों के संपर्क में आना

हाल ही में हुई सर्दी.

अपने रनिंग शूज़ का चयन करना

दौड़ने में आपके द्वारा उपयोग किया जाने वाला सबसे महत्वपूर्ण सहायक उपकरण दौड़ने वाला जूता है। दौड़ने के जूते के सभी पहलुओं को समझना महत्वपूर्ण है, ताकि जब आप इसे खरीदें तो खुद को एक सूचित निर्णय लेने में सक्षम बना सकें।

मनुष्य के पैर में 26 हड्डियाँ होती हैं। इसमें 33 जोड़ और 100 से अधिक मांसपेशियाँ, स्नायुबंधन और टेंडन शामिल हैं। इसके अलावा, जब आप मानते हैं कि आपके पैर प्रति किलोमीटर औसतन 450 से 600 बार जमीन से टकराते हैं, तो इसमें कोई आश्चर्य की बात नहीं है कि यह बेहद महत्वपूर्ण है कि आप ऐसे दौड़ने वाले जूते चुनने में समय व्यतीत करें जो चोट लगने पर चोट से बचने के लिए सबसे अच्छा समर्थन प्रदान करते हैं। आप फिटनेस के लिए दौड़ रहे हैं या मैराथन के लिए प्रशिक्षण ले रहे हैं।

जूतों की कोई एक जोड़ी ऐसी नहीं है जो किसी एक धावक के लिए उपयुक्त हो। इसका कारण यह है कि उंगलियों के निशान की तरह हर व्यक्ति के पैरों की प्रोफाइल भी अलग-अलग होती है। इसलिए, आपके द्वारा चुने गए दौड़ने वाले जूते आपकी स्थिति के लिए अद्वितीय होने चाहिए। हालाँकि, ऐसे जूते चुनने में आपकी मदद करने के लिए कुछ दिशानिर्देश हैं जो आपके लिए सर्वोत्तम हैं।

आमतौर पर, पैर तीन प्रकार के होते हैं - ऊंचे मेहराब, सामान्य मेहराब और सपाट पैर। आपको ऐसा जोड़ा चुनना चाहिए जो आपके पैर के प्रकार के लिए सही हो। यदि आप नहीं जानते कि आपके पैर किस प्रकार के हैं, तो आप अपने मौजूदा स्पोर्ट्स जूतों के साथ एक छोटा सा प्रयोग कर सकते हैं। ऐसा करने के लिए, अपने मौजूदा जूतों को किसी सपाट सतह जैसे कि टेबल पर रखें। अपने जूतों को एड़ी के सिरे से देखें और ध्यान दें कि जूते किस तरफ झुके हुए हैं। यदि आपके जूते अंदर की ओर झुके हुए दिखाई देते हैं, तो संभवतः आपके पास ऊंचे मेहराब हैं। इससे आपका पैर अंदर की ओर मुड़

जाता है और इसे उच्चारण कहा जाता है। इसका प्रभाव यह होता है कि जब आप जमीन के संपर्क में आते हैं तो आपके पैर के बाहरी हिस्से पर अतिरिक्त भार पड़ता है। बदले में इससे पार्श्व घुटने में दर्द, पीठ के निचले हिस्से में दर्द और बाहरी पैर में दर्द हो सकता है। उच्चारण के प्रभाव को कम करने के लिए, आपको ऐसे जोड़े की तलाश करनी चाहिए जिसमें उच्च गद्देदार आर्च समर्थन हो। आपको ऐसे जोड़े पर भी विचार करना चाहिए जो जूतों के पीछे की ओर पार्श्व पोस्ट के साथ स्थिरता प्रदान करता हो। पैर के ठीक से काम करने के लिए मध्यम मात्रा में उच्चारण की आवश्यकता होती है। हालाँकि, अत्यधिक उच्चारण के दौरान क्षति और चोट लग सकती है।

यदि आपके जूते बाहर की ओर झुके हुए दिखाई देते हैं, तो आपको फ़्लैट फ़ुट नामक बीमारी हो सकती है। इसे अन्यथा सुपिनेशन के रूप में जाना जाता है और यह निम्न मेहराब से जुड़ा होता है। इस मामले में, आपके पैर के अंदरूनी हिस्से पर अत्यधिक भार डाला जाएगा और सुपारी जैसे लक्षण पैदा हो सकते

हैं। इस मामले में, आपको ऐसे स्पोर्ट्स जूतों की तलाश करनी चाहिए जिनमें कम आर्च सपोर्ट हो और ऐसे जूते जो मीडियल पोस्ट सपोर्ट के माध्यम से पिछले पैर की स्थिरता भी प्रदान करते हों। दौड़ने की चाल के पुश-ऑफ चरण के दौरान प्राकृतिक मात्रा में झुकाव होता है क्योंकि एड़ी जमीन से ऊपर उठती है और शरीर को आगे बढ़ाने के लिए अगले पैर और पैर की उंगलियों का उपयोग किया जाता है। हालाँकि, अत्यधिक सुपिनेशन (बाहर की ओर लुढ़कना) मांसपेशियों और टेंडन पर बड़ा दबाव डालता है।

जब आप दौड़ने वाले जूतों के बारे में सोच रहे हों, तो आपको ऐसे जूते ढूंढने का भी लक्ष्य रखना चाहिए जिनका तलवा अपेक्षाकृत सहायक हो। यदि तलवा बहुत अधिक लचीलापन प्रदान करता है, तो एक सामान्य लक्षण एच्लीस टेंडोनाइटिस है क्योंकि जूते के तलवे से मिलने वाले समर्थन पर निर्भर रहने के बजाय पिंडली की मांसपेशियों को अधिक मेहनत करनी पड़ती है। इसका मतलब यह नहीं है कि जूते लचीले होने चाहिए। आदर्श रूप से, जूतों में

कुछ हद तक लचीलापन होना चाहिए, अधिमानतः जूते के सबसे चौड़े बिंदु पर जहां आपके पैर की उंगलियां आपके पैर से मिलती हैं। आपको ऐसे जूतों से भी बचना चाहिए जो एड़ी को बहुत अधिक कुशनिंग प्रदान करते हैं। इसका कारण यह है कि बहुत अधिक कुशनिंग भी एच्लीस टेंडोनाइटिस के स्तर का कारण बन सकती है क्योंकि आपकी एड़ी जमीन के संपर्क में आने के बाद भी आपका पैर हिलना जारी रखता है। यह वह अतिरिक्त गतिविधि है जो आपकी पिंडली की मांसपेशियों को अधिक खींचने का कार्य कर सकती है।

जब आप दौड़ने वाले जूतों के प्रकार देख रहे हों, तो आपको यह भी विचार करना चाहिए कि जब आप जमीन के संपर्क में आते हैं तो आपके पैरों पर किस प्रकार का प्रहार होता है। आप या तो हील स्ट्राइकर, फोरफ़ुट स्ट्राइकर या मिड-फ़ुट स्ट्राइकर होंगे। फ़ोरफ़ुट स्ट्राइकर आम तौर पर स्प्रिंटर्स से लेकर मध्यम दूरी के धावकों की तरह होते हैं और आम तौर पर अपनी अलग तकनीकों के कारण मैराथन दौड़ने की श्रेणी में नहीं होते हैं। मैराथनकर्ता आम

तौर पर या तो मध्य-पैर के स्ट्राइकर या एड़ी के स्ट्राइकर होते हैं। यदि आप हील स्ट्राइकर हैं तो आप आम तौर पर पाएंगे कि आपके प्रशिक्षण जूतों की एड़ी अपेक्षाकृत जल्दी खराब हो जाती है। यदि ऐसा मामला है, तो आपको यह सुनिश्चित करना चाहिए कि आपके दौड़ने वाले जूतों में आपकी एड़ी पर लगने वाले अतिरिक्त बल के लिए पर्याप्त समर्थन और कुशनिंग हो।

जब स्टोर में अपने दौड़ने वाले जूतों को आज़माने की बात आती है, तो आपको आदर्श रूप से उन्हें दिन के अंत में आज़माना चाहिए। इसका कारण यह है कि आपके पैरों में सूजन आ जाती है और आप प्रशिक्षण और दौड़ के दौरान की परिस्थितियों का अनुकरण कर सकेंगे। आपको उसी प्रकार के मोज़े पहनने का लक्ष्य रखना चाहिए जिसमें आप प्रशिक्षण लेना चाहते हैं और दौड़ना चाहते हैं। जब आपके पैर थोड़े सूजे हुए हों तो जूते पहनने और उसी प्रकार के मोज़े पहनने के पीछे का पूरा विचार यह सुनिश्चित करना है कि आपके द्वारा चुने गए जूते सही हों। आदर्श फिट. आपको अपने सबसे लंबे

पैर के अंगूठे के अंत और जूते के सामने के हिस्से के बीच आधा इंच का अंतर रखना चाहिए। आपको निश्चित रूप से अपने पैर की उंगलियों को हिलाने में सक्षम होना चाहिए।

जूतों को तोड़ने में कुछ समय लगता है। हालाँकि, यदि आपके जूते स्टोर में आरामदायक महसूस नहीं करते हैं तो उन्हें तोड़ने में और भी अधिक समय लगेगा। यही कारण है कि, आपको चलने वाले जूतों को स्टोर में ही छोड़ने का लक्ष्य रखना चाहिए जूतों का वास्तविक अनुभव प्राप्त करने के लिए कम से कम 10 मिनट तक। एक बार जब आप दौड़ने वाले जूतों की एक जोड़ी खरीद लेते हैं, तब भी आपको उन्हें तोड़ना पड़ेगा, चाहे वे कितने भी आरामदायक दिखें। ऐसा करने का सबसे अच्छा तरीका है कि आप अपने छोटे प्रशिक्षण दौरों के दौरान अपने नए जूतों का उपयोग करें। आमतौर पर, नए जूते पहनते समय, आपको फफोले से बचने के लिए प्रत्येक प्रशिक्षण सत्र में केवल 3 से 6 किलोमीटर की ट्रेनिंग करनी चाहिए। कुल मिलाकर, नए जूतों की एक जोड़ी को पूरी तरह से तोड़ने में लगभग 30

किलोमीटर का समय लगेगा। यही कारण है कि यदि आप अपनी दौड़ के लिए दौड़ने वाले जूतों की एक नई जोड़ी खरीदने पर विचार कर रहे हैं,

चोट से बचने के लिए, आपको यह भी सुनिश्चित करना चाहिए कि आप अपने दौड़ने वाले जूतों को एक निर्धारित माइलेज के भीतर बदल लें। ऐसा करने में, आपको अपना निर्णय न केवल जूते के तलवे पर छोड़े गए चलने की मात्रा पर करना चाहिए, बल्कि दौड़ने वाले जूतों ने कितने किलोमीटर पूरे किए हैं, इस पर भी करना चाहिए। इसका कारण यह है कि यद्यपि सोल अपेक्षाकृत अच्छी स्थिति में दिखाई दे सकता है, लेकिन दौड़ने वाले जूतों की आंतरिक कोर ताकत उनके शेल्फ-जीवन के अंत तक पहुंच सकती है। एक बेहतर तरीका यह है कि सक्रिय रूप से ट्रैक किया जाए कि दौड़ने वाले जूतों की प्रत्येक जोड़ी ने कितने किलोमीटर पूरे किए हैं। आपकी दौड़ने की शैली और आपके द्वारा जमीन पर संचारित बल की मात्रा के आधार पर, आपको हर 700 से 800 किलोमीटर पर अपने दौड़ने वाले जूतों को बदलने का लक्ष्य रखना चाहिए।

जूते मूलतः पाँच प्रकार के होते हैं:

1. हल्के जूते

यदि आप बहुत अधिक गति से काम करते हैं या दौड़ लगाते हैं, तो आपको हल्के वजन वाले प्रशिक्षकों की आवश्यकता होगी, जिन्हें रेसिंग फ़्लैट्स भी कहा जाता है। हल्के जूते कम फोम और पैरों के नीचे कुशनिंग सुविधाओं के साथ बनाए जाते हैं, जिससे पैरों को अधिक प्राकृतिक और गतिशील गति मिलती है।

लेकिन इन हल्के जूतों का एक नकारात्मक पहलू भी है। सामान्य तौर पर, ये तटस्थ या स्थिरता श्रेणियों में वर्गीकृत नियमित सड़क जूते के समान कुशनिंग और शॉक अवशोषण की समान डिग्री प्रदान नहीं करते हैं। इसलिए इनका उपयोग सामान्य प्रशिक्षण के लिए नहीं किया जाना चाहिए। आपको अपने प्रशिक्षण कार्यक्रम में इतनी जल्दी उनकी आवश्यकता नहीं है।

2. ट्रेल जूते

ट्रेल धावकों को कीचड़, गंदगी, चट्टानों और अन्य ऑफ-रोड बाधाओं को पार करना पड़ता है; इसलिए, उन्हें सर्वोत्तम समर्थन, स्थिरता और सुरक्षा की आवश्यकता होती है। ट्रेल शूज़, जैसा कि नाम से पता चलता है, ट्रेल रनिंग के लिए बनाए जाते हैं। ये जूते उन दौड़ने वाली सतहों के लिए डिज़ाइन किए गए हैं जो लहरदार हैं और जिनमें कीचड़ से लेकर घास, सड़क और कठोर रास्तों तक की विस्तृत श्रृंखला है।

ट्रेल जूतों को दौड़ने वाले स्नीकर्स और लंबी पैदल यात्रा के जूतों के मिश्रण के रूप में सोचें। वे आपके पैरों को ऊबड़-खाबड़ और पथरीले इलाकों में पाई जाने वाली सभी जड़ों और चट्टानों से बचाने के लिए टखने और जीभ के आसपास पर्याप्त सुरक्षा प्रदान करते हैं।

इतना ही नहीं, बल्कि ये नरम, अक्सर असमान और फिसलन वाली सतहों पर बेहतर पकड़ और नियंत्रण के लिए बेहतर पकड़ भी प्रदान करते हैं जो आमतौर पर अर्ध-कठोर तलवों और रबर स्टड के माध्यम से प्राप्त की जाती है।

3. स्थिरता जूते

सामान्य आर्च वाले धावकों के लिए आमतौर पर स्थिरता वाले जूतों की सिफारिश की जाती है। इन धावकों को मिडसोल कुशनिंग और अच्छे सपोर्ट के अच्छे मिश्रण वाले जूतों की आवश्यकता होती है। वास्तव में, यह मानव गतिविधि का अभिन्न अंग है। सीधे शब्दों में कहें तो प्रोनेशन का तात्पर्य प्रभाव पड़ने पर पैर के अंदर की ओर लुढ़कने से है। लेकिन बहुत अधिक उच्चारण समस्याग्रस्त हो सकता है।

स्थिरता वाले जूते काम में आ सकते हैं क्योंकि वे पूरे चाल चक्र में अधिक आर्च और टखने का समर्थन प्रदान करके, अत्यधिक उच्चारण को रोकने या कम से कम कम करने में मदद कर सकते हैं।

4. मोशन कंट्रोल जूते

जैसा कि पहले कहा गया है, उच्चारण शरीर की प्राकृतिक गति का अभिन्न अंग है। लेकिन सभी धावक समान रूप से उच्चारण नहीं करते। उनमें से

कुछ इसे अत्यधिक मात्रा में करते हैं। इसीलिए उन्हें इसे सीमित करने, या यहां तक कि रोकने में मदद करने के लिए जूतों की एक जोड़ी की आवश्यकता हो सकती है। मोशन कंट्रोल जूतों की सिफारिश आमतौर पर कम मेहराब और मध्यम से गंभीर अति-उच्चारण वाले धावकों के लिए की जाती है, जो कि पैर के प्रहार के बाद पैर का अत्यधिक अंदर की ओर लुढ़कना है।

गति नियंत्रण जूते आमतौर पर औसत जूतों की तुलना में अधिक कठोर होते हैं और पूरे चाल चक्र में अत्यधिक गति को सीमित करने के लिए चौड़े तलवे के साथ बनाए जाते हैं। ये उन भारी व्यक्तियों के लिए भी आदर्श हैं जो ऐसे जूते तलाश रहे हैं जो उच्च स्थिरता और स्थायित्व प्रदान करते हैं।

5. गद्देदार जूते

सामान्य तौर पर, गद्देदार जूते आलीशान अनुभव के लिए अतिरिक्त कुशनिंग के साथ बनाए जाते हैं, लेकिन बहुत सारे सुधारात्मक या सहायक तत्वों के

बिना। अधिकांश गद्दीदार जूते जूते के आउटसोल और/या मध्यसोल हिस्से में, आमतौर पर एड़ी या अगले पैर के क्षेत्रों में शॉक फैलाव सुविधाओं के साथ बनाए जाते हैं।

गद्दीदार जूतों की सिफारिश आम तौर पर उच्च मेहराब वाले धावकों के लिए की जाती है, जिनका उच्चारण बहुत कम या बिना किसी उभार के होता है क्योंकि वे झटके को अवशोषित करने और सुरक्षा दोनों प्रदान करते हैं, पूरे चाल चक्र में बहुत कम या कोई अतिरिक्त समर्थन नहीं होता है।

छह कारक जो आपके रनिंग शूज़ के जीवन काल को प्रभावित करते हैं

(ए) धावक का वजन:धावक जितना भारी होगा, जूते उतने ही अधिक टूटेंगे। प्रत्येक पैर के प्रहार का प्रभाव आपके शरीर के वजन के दोगुने के बराबर होता है।

(बी) जूतों की उम्र:समय के साथ, दौड़ते समय कुशनिंग और स्थिरता की विशेषताएं कमजोर हो

जाएंगी। अन्यथा भी, यदि आपके जूते बिना उपयोग के लंबे समय तक शू-बॉक्स में रखे जाते हैं, तो वे ऑक्सीकरण और मौसम के कारण खराब हो जाएंगे।

(सी) दौड़ने की तकनीक:यदि आपके दौड़ने का तरीका पूरे शरीर के वजन के साथ जमीन को थपथपाने के कारण अजीब और अगतिशील है, तो इससे जूतों की सामग्री पर अतिरिक्त दबाव पड़ेगा।

(डी) चलने वाली सतह:दौड़ने की सतह दौड़ने वाले जूतों की टूट-फूट को प्रभावित करती है। यदि जूते ज्यादातर डामर की सतह पर उपयोग किए जाते हैं, तो घास की सतह या जंगल के रास्ते पर उपयोग करने की तुलना में चलने और कुशनिंग प्रणाली जल्दी खराब हो जाएगी। पगडंडी की सतह पर, ज़मीन का कुशनिंग प्रभाव प्रभाव को नरम कर देगा और जूतों पर कुछ तनाव से राहत देगा। आजकल, हर इलाके के लिए अलग-अलग जूते हैं, हल्के रेसिंग जूते से लेकर मजबूत ट्रेल जूते तक जिनके तलवों पर उथले लग्स होते हैं।

(ई) जूते का आकार:जूतों की पूर्ण कार्यक्षमता बनाए रखने के लिए जूते का सही आकार चुनना

महत्वपूर्ण है। आपके शरीर के वजन के दबाव के कारण आपका पैर जमीन के संपर्क में आने पर फैलता है। बड़े पैर के अंगूठे की नोक और जूते की सीवन के बीच आधे अंगूठे की चौड़ाई होनी चाहिए। आपके पैर को जूते की नोक से टकराए बिना लुढ़कने के लिए जगह की आवश्यकता होती है। चूँकि दिन के दौरान आपके पैर फैलते हैं, इसलिए दोपहर या शाम को जूते खरीदना एक अच्छा विचार है। जूतों की उचित लेस पैर को फिसलने से रोकती है और एड़ी को सही स्थिति में रखती है। उचित लेसिंग आपके पैरों को सिलवटों में फटने से भी बचाएगी और आपके पैरों पर छाले पड़ने से भी बचाएगी।

(एफ) रनिंग शू प्रकार:दौड़ने वाले जूतों के प्रकार का जूते के जीवन काल पर सबसे अधिक प्रभाव पड़ता है। हल्के तटस्थ जूतों की एक जोड़ी जो अधिक समर्थन प्रदान नहीं करती है वह उतने लंबे समय तक नहीं टिकेगी जब तक कि एक स्थिर निशान जूते जो चाल चक्र के माध्यम से आपके पैर का मार्गदर्शन करते हैं। इसलिए, ऐसे जूते चुनना

महत्वपूर्ण है जो आपकी दौड़ने की तकनीक के लिए सबसे उपयुक्त हों।

संजय बनर्जी

वृद्ध धावक

जैसे-जैसे आपकी उम्र बढ़ती जाएगी, आपको धीरे-धीरे एहसास होगा कि, एक स्कूली लड़के या युवा व्यक्ति के रूप में आप जो कर सकते थे, वह अब आपको बेहद चुनौतीपूर्ण लगता है। एक बच्चे के रूप में, आप अपनी साँस खोए बिना सीढ़ियों से ऊपर और नीचे दौड़ सकते थे, आप अपने शरीर के किसी भी हिस्से पर दबाव डाले बिना बाड़ों पर छलांग लगा सकते थे और आप साइकिल पर दूध देने वाले के साथ पैदल दौड़ सकते थे और कभी-कभी तेज दौड़ सकते थे।

जैसे-जैसे करियर, शादी और परिवार में प्रगति होती है, आपको एहसास होता है कि पचपन की उम्र में सीढ़ियाँ चढ़ना आपके लिए मुश्किल हो रहा है। फर्श से अखबार उठाने के लिए झुकते समय आप अपनी पीठ पर दबाव डालते हैं और फर्श पर फिसलकर घायल होने का खतरा रहता है। आप भोजन के बाद

कई प्रकार की दवाएँ ले सकते हैं। तथ्य यह है कि उम्र के साथ, मधुमेह, गठिया, हड्डियों के घनत्व में गिरावट, शरीर में वसा का बढ़ना, हृदय रोग और रक्तचाप में उतार-चढ़ाव की शुरुआत एक कठोर वास्तविकता बन जाएगी। हालाँकि, बड़ी संख्या में बीमारियाँ वंशानुगत नहीं होती हैं और कुछ सरल दिनचर्या का पालन करके इनसे बचा जा सकता है। आप तीस की उम्र में अपने शरीर की देखभाल कैसे करते हैं, यह पचास की उम्र में आपकी फिटनेस का स्तर तय करेगा।

हम इस प्रक्रिया को जितना बेहतर समझेंगे, उम्र बढ़ने की अवस्था को हराना उतना ही आसान होगा। लेकिन इसके लिए प्रशिक्षण दर्शन में संपूर्ण संशोधन की आवश्यकता नहीं है। शरीर में होने वाली शारीरिक प्रतिक्रियाएँ और आप जो अनुकूलन प्राप्त करना चाहते हैं वे समान हैं। दूसरे शब्दों में, हमें केवल यह संशोधित करना है कि हम काम कैसे करते हैं, न कि हम क्या करते हैं।

अधिकांश धावक इसे हृदय की कम क्षमता से जोड़ते हैं। उम्र के साथ, आपके हृदय की मांसपेशियों में

रिसेप्टर्स की संख्या में लगातार गिरावट आती है जो तंत्रिका तंत्र के संकेतों को सुनते हैं जो यह बताते हैं कि कितनी तेजी से धड़कना है। जैसे-जैसे हृदय इन संदेशों के प्रति अधिकाधिक बहरा होता जाता है, इसकी अधिकतम गति हर साल प्रति मिनट लगभग एक धड़कन कम हो जाती है। ऐसा प्रतीत होता है कि हृदय की तेज़ी से धड़कने की आंतरिक क्षमता में भी गिरावट आ रही है।

जैसे-जैसे धावक की उम्र बढ़ती है, सबसे पहले गति कम होती है, उसके बाद ताकत और अंत में सहनशक्ति कम होती है। कार्डियो-वैस्कुलर फिटनेस में कमी (पहले की तुलना में रक्त पंप करने के लिए अधिक प्रयास), मांसपेशियों में गिरावट, मांसपेशियों की लोच में कमी, धीमी रिकवरी और उपचार के समय के कारण उम्र के साथ तेजी से दौड़ने की क्षमता कम होने लगती है।

दौड़ना उम्र बढ़ने के कई प्रभावों को उलट सकता है, लेकिन यह समय को पूरी तरह से नहीं रोक सकता। उम्र बढ़ने के कारण शरीर में होने वाले कुछ बदलाव इसे अधिक नाजुक और चोट लगने के प्रति

संवेदनशील बनाते हैं। सामान्य समस्याओं के प्रति सामान्य ज्ञान संबंधी सावधानियां बरतकर, वृद्ध धावक अपने जोखिम को कम कर सकते हैं और प्रशिक्षण के दौरान स्वस्थ रह सकते हैं।

जैसे-जैसे हमारी उम्र बढ़ती है, पसीना बहाने और गर्मी दूर करने की हमारी क्षमता कम हो जाती है। साथ ही, प्यास का संकेत देने के लिए शरीर की प्रणाली उम्र के साथ तेजी से अविश्वसनीय होती जाती है। इसलिए उम्रदराज़ धावकों के लिए दौड़ से पहले और बाद में पीना बहुत ज़रूरी है। जबकि युवा धावक बिना शराब पिए आसानी से एक घंटे की दौड़ पूरी कर सकते हैं, वहीं वृद्ध धावकों को दौड़ के दौरान हर आधे घंटे में एक घूंट पानी पीना चाहिए।

जैसे-जैसे हमारी उम्र बढ़ती है, संयोजी ऊतक अपनी लोच खो देता है। इससे धावकों को तीव्र खिंचाव, मांसपेशियों में खिंचाव और मांसपेशियों में टूट-फूट के प्रति अधिक संवेदनशील बना दिया जाता है। गति की सीमा कम होने के कारण, वृद्ध धावक के लिए छोटा कदम रखना आवश्यक हो जाता है, जिससे गति कम हो जाती है। यही कारण है कि

अधिक उम्र के धावकों को स्ट्रेचिंग एक्सरसाइज करने की जरूरत होती है। दौड़ने के बाद जब शरीर गर्म हो जाए तो स्ट्रेचिंग व्यायाम करना चाहिए।

उम्र बढ़ने के साथ-साथ शरीर की मांसपेशियां तेजी से घटती हैं, चालीस के बाद हर दशक में लगभग 10%। तेजी से हिलने वाले तंतुओं में मांसपेशियों के नष्ट होने की दर धीमी गति से हिलने वाले तंतुओं की तुलना में अधिक तेज़ प्रतीत होती है। यह दूर के धावकों की तुलना में धावकों के लिए एक बड़ी समस्या है, लेकिन यह हर किसी के लिए चिंता का विषय होना चाहिए क्योंकि आपके सभी तेजी से हिलने वाले तंतुओं को खोना संभव है। यह एक कारण है कि 100 मीटर और 200 मीटर दौड़ के लिए धावक 28 साल की उम्र में शीर्ष पर पहुंच सकते हैं, जबकि मैराथन धावक 35 साल की उम्र में दौड़ में शीर्ष पर पहुंच सकते हैं और सबसे अच्छे अल्ट्रा-मैराथन धावक अपने तीसवें दशक के अंत और चालीसवें वर्ष की शुरुआत में होते हैं।

दौड़ना उम्र के साथ आने वाली कमजोरी से लड़ने की दिशा में एक कदम है। शरीर के सभी हिस्सों में

ताकत बनाए रखने के लिए, वृद्ध धावकों को एक शक्ति प्रशिक्षण कार्यक्रम में शामिल होना चाहिए जो पूरे शरीर को लक्षित करता है। आपके द्वारा उठाया गया वजन भारी होना जरूरी नहीं है। लगातार बने रहना अधिक महत्वपूर्ण है, सप्ताह में कम से कम तीन बार वर्कआउट करना।

जब हम अपने शुरुआती तीस के दशक में होते हैं तो अस्थि-द्रव्यमान चरम पर होता है और चालीस के बाद गिरावट शुरू हो जाती है, जिसकी दर आहार, आनुवंशिकी और हार्मोनल स्तर जैसे कई कारकों पर निर्भर करती है। महिलाओं में, रजोनिवृत्ति के बाद कई महिलाओं में महिला हार्मोन एस्ट्रोजन की कमी के कारण हड्डियों का घनत्व तेजी से घटता है, जो शरीर में कैल्शियम के अवशोषण में सहायता करता है और इसलिएउम्र बढ़ने वाली महिलाओं की हड्डियों से कैल्शियम धीरे-धीरे कम होने लगता है। बुजुर्गों की बढ़ती चिंताएं कमजोर हड्डियां और बिगड़ती कार्टिलेज हैं, जिससे जोड़ों, विशेषकर घुटनों और कूल्हों पर चोट लगने का खतरा रहता है। यदि आप तीस की उम्र में दौड़ना शुरू करते हैं, तो यह

पचास या साठ की उम्र पार करने पर हड्डियों के द्रव्यमान में गिरावट और हड्डियों की बीमारियों से बचाएगा।

दौड़ने के अलावा, हड्डियों की सुरक्षा का सबसे महत्वपूर्ण तरीका स्वस्थ खाद्य पदार्थों का आहार लेना है जिनमें कैल्शियम की मात्रा अधिक हो। दूध, पनीर और दही सबसे अच्छे स्रोत हैं।

संतुलन एक ऐसा कारक है जो साठ के बाद धीरे-धीरे और सत्तर के बाद बहुत कम हो जाता है। संतुलन की हानि श्रवण, दृष्टि और स्पर्श की भावना के कारकों का एक संयोजन है। संतुलन बिगड़ने से न सिर्फ असुविधा होती है, बल्कि जमीन पर गिरने से चोट भी लग सकती है। हालाँकि, शारीरिक गतिविधि के लाभ चोटों के जोखिम से कहीं अधिक हैं। आंखें बंद करके एक पैर पर खड़ा होना जैसे सरल व्यायाम कभी-कभी किए जा सकते हैं।

वृद्ध धावक द्वारा याद रखने योग्य कुछ महत्वपूर्ण बातें:(ए) अतिरिक्त आराम करें क्योंकि कड़ी मेहनत से उबरने में अधिक समय लगेगा।

(बी) साइकिल चलाने या तैराकी जैसी क्रॉस-ट्रेनिंग में शामिल हों, जहां आप चोट लगने के जोखिम को कम करते हैं। जैसे-जैसे हमारी उम्र बढ़ती है और हमारे जोड़ और मांसपेशियाँ कम हो जाती हैं, दौड़ने के विकल्प के रूप में क्रॉस-ट्रेनिंग भी की जानी चाहिए।

(सी) चूंकि जमीन पर पैर पटकने से जोड़ों में दर्द होने की आशंका रहती है, इसलिए अच्छी तरह से गद्देदार जूते खरीदें।

(डी) गति प्रशिक्षण जारी रखें, लेकिन आवृत्ति कम करें।

(ई) अपना माइलेज धीरे-धीरे कम करें। यह एक सुरक्षा एहतियात है जिससे आपकी रेसिंग क्षमता को नुकसान नहीं पहुंचना चाहिए।

(एफ) मांसपेशियों का ख़राब होना और लचीलेपन का कम होना उम्र बढ़ने के दो दुष्प्रभाव हैं। लेकिन सौभाग्य से, ताकत और लचीलेपन वाले व्यायाम से दोनों का काफी हद तक मुकाबला किया जा सकता है।

संजय बनर्जी

नींद का महत्व

आज मैं आपको रात की अच्छी नींद के फायदों के बारे में बताऊंगा। यह आपके प्रशिक्षण कार्यक्रम का एक महत्वपूर्ण घटक है। एक धावक को अपनी क्षमता तक पहुंचने के लिए, उसे एक प्रशिक्षण कार्यक्रम का पालन करना चाहिए जिसमें उचित आधार निर्माण, थ्रेशोल्ड वर्कआउट (टेम्पो रन) और स्पीड वर्कआउट (अंतराल) जैसी प्रशिक्षण विधियां शामिल हों। हालाँकि, एक प्रभावी प्रशिक्षण कार्यक्रम के सबसे महत्वपूर्ण हिस्सों में से एक वह है जब धावक का शरीर कुछ भी नहीं कर रहा होता है: जब वह सो रहा होता है।

धावक अक्सर नींद को नज़रअंदाज़ कर देते हैं, लेकिन चोट को रोकने और मांसपेशियों के निर्माण के लिए यह बहुत महत्वपूर्ण है। जब किसी धावक को चोट लगने या सहनशक्ति में समस्या का अनुभव हो तो रात में कम से कम आठ घंटे की

नींद लेना पहली चीजों में से एक है। देर तक जागने और ठीक से न सोने से, धावक के शरीर के लिए पर्याप्त रूप से खुद की मरम्मत करना असंभव हो जाता है। स्वस्थ प्रतिरक्षा प्रणाली, शरीर के तापमान और रक्तचाप को बनाए रखने के लिए नींद आवश्यक है। पर्याप्त नींद के बिना, हम अपने मूड को नियंत्रित नहीं कर सकते हैं या चोटों से जल्दी ठीक नहीं हो सकते हैं।

ट्रेनिंग वर्कआउट के दौरान मांसपेशियों की वृद्धि नहीं होती है। वास्तव में, कठिन गति सत्र या लंबी दौड़ के बाद, मांसपेशियां वास्तव में टूट जाती हैं और उनमें छोटे सूक्ष्म आंसू होते हैं। शरीर में मांसपेशियों की मरम्मत करने और वास्तव में इसे मजबूत बनाने की क्षमता होती है ताकि यह भविष्य के वर्कआउट का सामना कर सके। हालाँकि, यह पुनर्निर्माण मुख्य रूप से नींद के दौरान होता है।

सोते समय शरीर का तापमान और दिल की धड़कन कम हो जाती है और पूरा शरीर विश्राम की अवस्था में आ जाता है। नींद की सबसे गहरी अवस्था के दौरान, जिसे रैपिड आई मूवमेंट (आरईएम) कहा जाता

है, शरीर मांसपेशियों के ऊतकों की मरम्मत के लिए विकास हार्मोन जारी करता है। अधिकतम मरम्मत के लिए इस दौरान मांसपेशियों को निष्क्रिय कर दिया जाता है।

ठीक से काम करने वाली प्रतिरक्षा प्रणाली के लिए नींद भी आवश्यक है। यदि शरीर में नींद की कमी हो तो टी-कोशिकाओं की संख्या कम या कम हो जाती है। टी-सेल एक प्रकार की श्वेत रक्त कोशिका (लिम्फोसाइट) है जो शरीर की प्रतिरक्षा प्रणाली की रक्षा में केंद्रीय भूमिका निभाती है। उनके कार्य का एक हिस्सा उन कोशिकाओं को नष्ट करना है जो रोगाणुओं या कैंसर कोशिकाओं से संक्रमित हैं। यही कारण है कि बीमार होने पर अच्छी नींद लेना बहुत महत्वपूर्ण है।

REM SLEEP (नींद) आमतौर पर सोने के लगभग नब्बे मिनट बाद शुरू होती है और औसतन लगभग दो घंटे तक रहती है। हालाँकि, यदि कोई धावक अत्यधिक तनाव में है या उसे सोने में परेशानी हो रही है, तो वह कभी भी आरईएम के महत्वपूर्ण चरण तक नहीं पहुंच सकता है। इसलिए, यदि आपको दिन

में कम से कम आठ घंटे की नींद नहीं मिल रही है तो अपने शेड्यूल या दैनिक आदतों में आवश्यक बदलाव करने के लिए समय निकालें।

नींद के दो बुनियादी प्रकार हैं: रैपिड आई मूवमेंट(REM) (आरईएम) नींद और गैर-आरईएम नींद (जिसमें तीन अलग-अलग चरण होते हैं)। प्रत्येक विशिष्ट मस्तिष्क तरंगों और तंत्रिका संबंधी गतिविधि से जुड़ा हुआ है। आप गैर-आरईएम नींद के सभी चरणों से गुजरते हैं और आरईएम नींद एक सामान्य रात के दौरान कई बार होती है और सुबह के समय तेजी से लंबी और गहरी आरईएम अवधि होती है।

प्रथम चरण गैर-आरईएम नींद जागृति से नींद में परिवर्तन है। अपेक्षाकृत हल्की नींद की इस छोटी अवधि (कई मिनट तक चलने वाली) के दौरान, आपके दिल की धड़कन, सांस और आंखों की गति धीमी हो जाती है और आपकी मांसपेशियां कभी-कभी मरोड़ के साथ आराम करती हैं। आपके मस्तिष्क की तरंगें दिन के समय जागने के पैटर्न से धीमी होने लगती हैं।

चरण 2 गैर-आरईएम (Non-REM) नींद आपके गहरी नींद में प्रवेश करने से पहले हल्की नींद की अवधि है। आपके दिल की धड़कन और सांस धीमी हो जाती है और मांसपेशियां और भी अधिक शिथिल हो जाती हैं। आपके शरीर का तापमान गिर जाता है और आंखों की गति रुक जाती है। मस्तिष्क तरंग गतिविधि धीमी हो जाती है लेकिन विद्युत गतिविधि के संक्षिप्त विस्फोट से चिह्नित होती है। आप नींद के अन्य चरणों की तुलना में चरण 2 की नींद में अपने दोहराए गए नींद चक्रों का अधिक समय व्यतीत करते हैं।

चरण 3 नॉन-आरईएम (Non-REM) नींद गहरी नींद की वह अवधि है जिसमें आपको सुबह तरोताजा महसूस करने की जरूरत होती है। यह रात के पहले पहर के दौरान लंबी अवधि में होता है। नींद के दौरान आपके दिल की धड़कन और सांस अपने निम्नतम स्तर तक धीमी हो जाती है। आपकी मांसपेशियां शिथिल हैं और आपको जगाना मुश्किल हो सकता है। मस्तिष्क तरंगें और भी धीमी हो जाती हैं।

रेम नींद (REM SLEEP) पहली बार सोने के लगभग 90 मिनट बाद होता है। आपकी आंखें बंद पलकों के पीछे तेजी से एक ओर से दूसरी ओर घूमती हैं। मिश्रित आवृत्ति वाली मस्तिष्क तरंग गतिविधि जागृति में देखी गई गतिविधि के करीब हो जाती है। आपकी सांसें तेज़ और अनियमित हो जाती हैं और आपकी हृदय गति और रक्तचाप जागने के स्तर तक बढ़ जाता है। आपके अधिकांश सपने REM नींद के दौरान आते हैं, हालाँकि कुछ गैर-REM नींद में भी आ सकते हैं। आपकी बांह और पैर की मांसपेशियां अस्थायी रूप से निष्क्रिय हो जाती हैं, जो आपको अपने सपनों को पूरा करने से रोकती है। जैसे-जैसे आपकी उम्र बढ़ती है, आप REM नींद में अपना कम समय सोते हैं। स्मृति समेकन के लिए संभवतः गैर-आरईएम और आरईएम नींद दोनों की आवश्यकता होती है।

जो कोई भी नियमित रूप से रात में छह घंटे से कम सोता है, उसमें अवसाद, मनोविकृति और स्ट्रोक का खतरा बढ़ जाता है। नींद की कमी का सीधा संबंध मोटापे से भी है। पर्याप्त नींद के बिना, पेट

और अन्य अंग भूख हार्मोन का उत्पादन करते हैं, जिससे हम ज़रूरत से ज़्यादा खाने लगते हैं।

यदि आप यह सुनिश्चित करने के लिए समय लगाते हैं कि आपको पर्याप्त नींद मिले, तो आपको अधिक ऊर्जा मिलेगी और चोट लगने की संभावना कम होगी।

अपनी नींद के माहौल को डिज़ाइन करते समय इन युक्तियों के साथ अधिकतम आराम और विकर्षणों को कम करने पर ध्यान केंद्रित करने का प्रयास करें:

उच्च प्रदर्शन वाले गद्दे और तकिये का उपयोग करें: अच्छा गद्दा सुनिश्चित करने के लिए महत्वपूर्ण है कि आप आराम करने के लिए पर्याप्त आरामदायक हों। यह आपके साथ-साथ यह भी सुनिश्चित करता है तकिया, ताकि आपकी रीढ़ को दर्द से बचने के लिए उचित सहारा मिले।

गुणवत्तापूर्ण बिस्तर चुनें: आपका पत्रक और कंबल आपके बिस्तर को आकर्षक महसूस कराने में प्रमुख भूमिका निभाते हैं। ऐसे बिस्तर की तलाश करें जो

छूने पर आरामदायक लगे और जो रात के दौरान आरामदायक तापमान बनाए रखने में मदद करेगा।

प्रकाश व्यवधान से बचें:अत्यधिक रोशनी के संपर्क से आपकी नींद खराब हो सकती है। अपनी खिड़कियों पर पर्दों की जाँच करें या अपनी आँखों पर स्लीप मास्क रखें, जो प्रकाश को अवरुद्ध कर सकता है और इसे आपके आराम में हस्तक्षेप करने से रोक सकता है।

शांति और सुकून पैदा करें:नींद के अनुकूल शयनकक्ष के निर्माण में शोर को न्यूनतम रखना एक महत्वपूर्ण हिस्सा है। यदि आप शोर के आस-पास के स्रोतों को खत्म नहीं कर सकते हैं, तो उन्हें पंखे से बंद करने पर विचार करें। जब आप सोना चाहते हैं तो अप्रिय आवाज़ों को आपको परेशान करने से रोकने के लिए इयरप्लग या हेडफ़ोन एक और विकल्प हैं।

एक अनुकूल तापमान खोजें:आप अपना नहीं चाहतेशयनकक्ष का तापमानबहुत अधिक गर्मी या बहुत अधिक ठंड महसूस करके ध्यान भटकाना। आदर्श तापमान व्यक्ति के आधार पर अलग-अलग

हो सकता है, लेकिन अधिकांश शोध ठंडे कमरे में सोने का समर्थन करते हैं जो लगभग 65 डिग्री फ़ारेनहाइट है।

सुखद सुगंध का परिचय दें:एक हल्की खुशबू जो आपको शांतिदायक लगती है, वह आपको आसानी से नींद लाने में मदद कर सकती है। प्राकृतिक सुगंध वाले आवश्यक तेल जैसेलैवेंडर, आपके शयनकक्ष के लिए सुखदायक और ताज़ा गंध प्रदान कर सकता है।

जागने का एक निश्चित समय निर्धारित करें:यदि आप लगातार अलग-अलग समय पर जाग रहे हैं तो आपके शरीर के लिए स्वस्थ नींद की दिनचर्या का आदी होना लगभग असंभव है। जागने का समय चुनें और उसका पालन करें, यहां तक कि सप्ताहांत या अन्य दिनों में भी जब आपको सोने की इच्छा हो।

सोने के लिए बजट समय:यदि आप यह सुनिश्चित करना चाहते हैं कि आपको मिल रहा है प्रत्येक रात सोने की अनुशंसित मात्रा, तो आपको उस समय को अपने शेड्यूल में शामिल करना होगा। अपने

निश्चित जागने के समय को ध्यान में रखते हुए, पीछे की ओर काम करें और सोने का एक लक्षित समय निर्धारित करें। जब भी संभव हो, सोने से पहले खुद को आराम करने और सोने के लिए तैयार होने के लिए अतिरिक्त समय दें।

झपकी लेते समय सावधान रहें:रात में बेहतर नींद के लिए झपकी लेते समय सावधानी बरतना जरूरी है। यदि आप दिन में बहुत देर तक या बहुत देर तक झपकी लेते हैं, तो यह आपके सोने के कार्यक्रम को बिगाड़ सकता है और जब आप चाहें तब सोना कठिन हो सकता है। झपकी लेने का सबसे अच्छा समय दोपहर के भोजन के तुरंत बाद दोपहर का समय होता है, और सबसे अच्छी झपकी लगभग 20 मिनट की होती है।

अपना शेड्यूल धीरे-धीरे समायोजित करें:जब आपको अपनी नींद का शेड्यूल बदलने की आवश्यकता हो, तो थोड़ा-थोड़ा करके और समय के साथ समायोजन करना सबसे अच्छा है प्रति रात अधिकतम 1 से 2 घंटे का अंतर. यह आपके शरीर को परिवर्तनों के लिए अभ्यस्त होने की अनुमति देता है ताकि

आपके नए शेड्यूल का पालन करना अधिक टिकाऊ हो।

कम से कम 30 मिनट तक हवा बंद रखें:यदि आप सहज हैं तो आसानी से झपकी लेना बहुत आसान है। शांत होकर पढ़ना, कम प्रभाव वाली स्ट्रेचिंग, सुखदायक संगीत सुनना औरविश्राम व्यायामये नींद के लिए सही मानसिक स्थिति में आने के तरीकों के उदाहरण हैं।

रौशनी कम करें:तेज रौशनी से बचने से आपको सोने के समय में बदलाव करने में मदद मिल सकती है और यह आपके शरीर के उत्पादन में योगदान कर सकता है मेलाटोनिन, एक हार्मोन जो नींद को बढ़ावा देता है।

उपकरणों से डिस्कनेक्ट करें:टैबलेट, सेल फोन और लैपटॉप यह आपके मस्तिष्क को तार-तार कर सकता है, जिससे इसे वास्तव में शांत करना कठिन हो जाता है। इन उपकरणों से निकलने वाली रोशनी आपके मेलाटोनिन के प्राकृतिक उत्पादन को भी दबा सकती है। जहां तक संभव हो, बिस्तर पर जाने से

पहले 30 मिनट या उससे अधिक समय के लिए डिस्कनेक्ट करने का प्रयास करें।

स्थानांतरित करने के लिए समय ढूंढें:दैनिक व्यायाम से स्वास्थ्य को व्यापक लाभ होता है, और इससे ऊर्जा के उपयोग और शरीर के तापमान में परिवर्तन हो सकता हैठोस नींद को बढ़ावा दें. अधिकांश विशेषज्ञ सोने से पहले गहन व्यायाम न करने की सलाह देते हैं क्योंकि यह सोने से पहले आपके शरीर की प्रभावी ढंग से व्यवस्थित होने की क्षमता में बाधा उत्पन्न कर सकता है।

अपने कैफीन सेवन की निगरानी करें:कैफीन युक्त पेय कॉफ़ी, चाय और सोडा सहित, दुनिया में सबसे लोकप्रिय पेय पदार्थों में से हैं। कुछ लोग दिन की नींद को दूर करने के लिए कैफीन से प्राप्त ऊर्जा के झटके का उपयोग करने के लिए प्रलोभित होते हैं, लेकिन यह दृष्टिकोण टिकाऊ नहीं है और लंबे समय तक नींद की कमी का कारण बन सकता है। इससे बचने के लिए, अपने कैफीन के सेवन पर नज़र रखें और दिन के बाद इसके सेवन से बचें क्योंकि यह नींद में बाधा बन सकता है।

शराब से रहें सावधान:अल्कोहल यह उनींदापन पैदा कर सकता है, इसलिए कुछ लोग सोने से पहले रात्रि विश्राम के इच्छुक होते हैं। दुर्भाग्य से, शराब मस्तिष्क को इस तरह से प्रभावित करती है कि नींद की गुणवत्ता कम हो सकती है और इसी कारण से, सोने से पहले शराब से बचना सबसे अच्छा है।

बहुत देर से न खाएं:यदि आपका शरीर अभी भी एक बड़े रात्रिभोज को पचा रहा है तो सो जाना कठिन हो सकता है। भोजन-आधारित नींद में व्यवधान को न्यूनतम रखने के लिए, देर से रात्रिभोज से बचने और विशेष रूप से वसायुक्त या मसालेदार भोजन को कम करने का प्रयास करें। अगर आपको शाम के नाश्ते की ज़रूरत है, तो कुछ हल्का और स्वास्थ्यवर्धक चुनें।

धूम्रपान ना करें:निष्क्रिय धूम्रपान सहित धूम्रपान के संपर्क में रहा हैनींद की अनेक समस्याओं से जुड़ा हुआजिसमें सोने में कठिनाई भी शामिल है।

अपना बिस्तर केवल सोने के लिए आरक्षित रखें:यदि आपके पास आरामदायक बिस्तर है, तो आप सभी प्रकार की गतिविधियाँ करते हुए वहाँ

घूमने के लिए प्रलोभित हो सकते हैं, लेकिन यह वास्तव में सोते समय समस्याएँ पैदा कर सकता है। आप अपने बिस्तर और नींद के बीच एक मजबूत मानसिक संबंध चाहते हैं, इसलिए अपने बिस्तर में गतिविधियों को केवल सोने तक ही सीमित रखने का प्रयास करें।

व्यायाम और दीर्घायु

वृद्ध फिट व्यक्तियों में युवा लोगों की कई कार्यात्मक विशेषताएं होती हैं, इसलिए यह तर्क दिया जा सकता है कि बेहतर शारीरिक फिटनेस उम्र बढ़ने की प्रक्रिया को धीमा कर देती है और इस प्रकार बाद के जीवन में स्वास्थ्य और संभावित दीर्घायु के लिए कुछ सुरक्षा प्रदान करती है।

हाल के निष्कर्षों से पता चलता है कि एक युवा वयस्क के रूप में एथलेटिक्स में भाग लेने से लंबी उम्र सुनिश्चित नहीं होती है। हालाँकि, यदि जीवन भर शारीरिक गतिविधि बनाए रखी जाए तो स्वास्थ्य और दीर्घायु के लिए पर्याप्त सुरक्षा प्रदान की जाती है। जोरदार नियमित व्यायाम जीवन को बढ़ाने के मामले में सबसे बड़ा प्रभाव डालता है। जो लोग सप्ताह में कम से कम 1500 किलो कैलोरीज ज़ोरदार गतिविधियों जैसे जॉगिंग, तेज़ चलना या तेज़ साइकिलिंग में 45 मिनट से एक घंटे 3 या 4 बार सप्ताह में खर्च करते हैं, उनमें अधिकांश गतिहीन पुरुषों की तुलना में मृत्यु दर 25% कम होती है। पुरुष जितने

अधिक सक्रिय होंगे, उनकी जीवन प्रत्याशा उतनी ही अधिक होगी। कठोर व्यायाम के लाभ उन पुरुषों में भी देखे जाते हैं, जो धूम्रपान करते थे या जिनका वजन अधिक था।

अधिकांश लोगों के लिए नियमित शारीरिक गतिविधि भी दिल के दौरे और स्ट्रोक से बचाती है। हालाँकि, यह अच्छी तरह से स्थापित है कि किसी की शारीरिक गतिविधि का स्तर स्वास्थ्य जोखिम से जुड़ा है, एक महत्वपूर्ण सवाल यह है कि क्या नियमित गतिविधि में निरंतर वृद्धि से बीमारी का खतरा कम हो जाता है। जीवनशैली में बदलाव और हृदय रोग के कारण, नियमित आधार पर अधिक शारीरिक रूप से सक्रिय होना महत्वपूर्ण है और साथ ही सिगरेट पीना बंद करके, शरीर का वजन कम करके और रक्तचाप को नियंत्रित करके स्वास्थ्य जोखिमों को कम करना चाहिए।

पिछले 30 वर्षों के दौरान कोरोनरी हृदय रोग (सीएचडी) की संवेदनशीलता से संबंधित विभिन्न व्यक्तिगत विशेषताओं और पर्यावरणीय कारकों की पहचान की गई है। निम्नलिखित अधिक बार जोखिम वाले कारकों की एक सूची है जो सीएचडी के लिए उच्च या निम्न जोखिम

वाले पुरुषों, महिलाओं और बच्चों की पहचान करती है। यह मान लेना तर्कसंगत लगता है कि एक या अधिक जोखिम कारकों के उन्मूलन या कमी से सीएचडी होने की संभावना में कमी आएगी।

आहार।

ऊंचा रक्त लिपिड.

उच्च रक्तचाप.

सिगरेट पीना।

उच्च यूरिक एसिड स्तर।

आसीन जीवन शैली।

मोटापा।

मधुमेह।

तनाव और तनाव.

उच्च घनत्व लेपोप्रोटीन (एचडीएल) कोलेस्ट्रॉल को "अच्छा" कोलेस्ट्रॉल के रूप में जाना जाता है क्योंकि यह आपके रक्तप्रवाह से कोलेस्ट्रॉल के अन्य रूपों को हटाने में मदद करता है। एचडीएल कोलेस्ट्रॉल का उच्च स्तर हृदय रोग के कम जोखिम से जुड़ा है। ऐसे स्तर

सहनशक्ति वाले एथलीटों और उन लोगों में ऊंचे होते हैं जो या तो जोरदार एरोबिक प्रशिक्षण या नियमित व्यायाम के अधिक मध्यम स्तर में संलग्न होते हैं।

नियमित शारीरिक गतिविधि हृदय रोग से बचाती है। गतिहीन व्यक्तियों में घातक दिल का दौरा पड़ने का सापेक्ष जोखिम अधिक सक्रिय पुरुषों और महिलाओं की तुलना में लगभग दोगुना है। जीवन भर शारीरिक फिटनेस का रखरखाव भी सीएचडी जोखिम कारकों के लिए महत्वपूर्ण सुरक्षा प्रदान करता है।

एरोबिक व्यायाम कोरोनरी हृदय रोग को इस प्रकार रोकता है:

1. हृदय को हाइपोक्सिक तनाव से बचाने के लिए मायोकार्डियल परिसंचरण और चयापचय में सुधार करता है।

2. रक्त के थक्के जमने की अधिक अनुकूल विशेषताएँ स्थापित करता है।

3. रक्त लिपिड प्रोफाइल को सामान्य करता है।

4. हृदय गति और रक्तचाप को बदलता है ताकि व्यायाम के दौरान हृदय अधिक प्रभावी ढंग से कार्य कर सके।

5. अधिक वांछनीय शारीरिक वसा वितरण प्राप्त करता है।

6. मनोवैज्ञानिक तनाव और तनाव के लिए एक अनुकूल आउटलेट प्रदान करता है।

एक वयस्क के लिए, विश्व स्वास्थ्य संगठन (डब्ल्यूएचओ) कम से कम 150-300 मिनट की मध्यम-तीव्रता वाली एरोबिक शारीरिक गतिविधि या 75-150 मिनट की जोरदार-तीव्रता वाले प्रशिक्षण की सिफारिश करता है। इससे न केवल हृदय संबंधी बीमारियों में सुधार हो सकता है बल्कि उच्च रक्तचाप, टाइप-2 मधुमेह और कैंसर जैसी अन्य पुरानी बीमारियों को भी रोका जा सकता है।

शारीरिक व्यायाम के साथ-साथ लंबी उम्र से जुड़ी दस आदतें हैं

अधिक मेवे खायें।

अधिक खाने से बचें.

भरपूर मात्रा में स्वस्थ पादप खाद्य पदार्थ खाएं।

धूम्रपान ना करें।

अपने शराब का सेवन नियंत्रित करें।

अपनी ख़ुशी को प्राथमिकता दें.

दीर्घकालिक तनाव और चिंता से बचें.

अपने सामाजिक दायरे का पोषण करें.

कॉफ़ी या चाय पियें.

अच्छे से सो।

जबकि किसी भी मात्रा में व्यायाम जीवन प्रत्याशा को बढ़ाता है, जितना अधिक आप व्यायाम करेंगे, उतना अधिक लाभ होगा।

उच्च तीव्रता वाले अंतराल

वैज्ञानिक सर्व सम्मति यह है कि अपने व्यायाम आहार के हिस्से के रूप में कुछ जोरदार गतिविधि को शामिल करना सबसे अच्छा है और जब दीर्घायु की बात आती है तो जिस दृष्टिकोण ने सबसे अधिक उत्साह पैदा किया है उसे कहा जाता है।उच्च

तीव्रता अंतराल प्रशिक्षण, जिसमें कसरत के दौरान अधिक इत्मीनान से तीव्र गति से क्रिया और व्यायाम के बीच बारी-बारी से बदलाव करना शामिल है।

चारों ओर घूमना

आप जितना अधिक समय बैठे-बैठे बिताएंगे, आपकी शीघ्र मृत्यु का जोखिम उतना ही अधिक होगा। हर 30 मिनट में ब्रेक लेने से आपका जोखिम काफी कम हो जाता है। स्वयं को याद दिलाने के लिए अलार्म सेट करने का प्रयास करेंहर आधे घंटे में उठें और टहलें जब आप बैठे हों या टीवी देख रहे हों तो विज्ञापन ब्रेक के दौरान उठें और कुछ करें।

अपने संतुलन पर काम करना

क्या आप 10 सेकंड से अधिक समय तक अपनी आँखें बंद करके एक पैर पर खड़े रह सकते हैं? अच्छा संतुलन भी गिरने से रोकने में मदद कर सकता है।योग आपके संतुलन में सुधार हो सकता है, लेकिन कुछ प्रमुख व्यायाम आपके दैनिक जीवन

में शामिल हो सकते हैं। कुर्सी या मेज को पकड़कर एक पैर पर खड़े होने का प्रयास करें।

अंत में, महत्वपूर्ण यह नहीं है कि आप कितने समय तक जीवित रहते हैं, बल्कि यह भी महत्वपूर्ण है कि आप कितना अच्छा जीवन जीते हैं। उम्र बढ़ने के साथ-साथ आपके जीवन की समग्र गुणवत्ता को बनाए रखने के लिए शारीरिक गतिविधि आवश्यक है। व्यायाम करने वाले वृद्ध लोग अधिक स्वस्थ, मजबूत होते हैं, अच्छी नींद लेते हैं, दैनिक कार्य अधिक आसानी से करते हैं और उनमें संज्ञानात्मक गिरावट का अनुभव होने की संभावना कम होती है। इसलिए यदि दीर्घायु वास्तव में आपके लिए महत्वपूर्ण है, तो ऐसा वर्कआउट चुनें जिसका आप आनंद लेते हैं और सुनिश्चित करें कि आप उसका पालन करते हैं।

विटामिन और खनिजों का महत्व

संतुलित आहार लेना अत्यंत महत्वपूर्ण है ताकि सभी आवश्यक 10 विटामिन और खनिजों का ध्यान रखा जा सके। यदि आप नीचे विवरण देखेंगे, तो आपको एहसास होगा कि विभिन्न प्रकार के विटामिन और खनिजों वाले भोजन में बहुत समानता है।

यदि आप नियमित रूप से दौड़ते हैं, तो कुछ विटामिन और खनिज आपके व्यायाम, प्रदर्शन, फिटनेस और समग्र स्वास्थ्य के लिए विशेष रूप से महत्वपूर्ण हैं। मैं बहुत से धावकों को जानता हूं, जो शरीर के लिए स्वास्थ्यवर्धक संतुलित आहार के परिणामों की परवाह किए बिना कई वर्षों से दौड़ रहे हैं। उनका आम विचार यह है कि चूंकि उनकी दौड़ प्रभावित नहीं होती है, इसलिए उन्हें संतुलित आहार के बारे में ज्यादा चिंतित होने की जरूरत नहीं है। मेरा विचार है कि शायद, यदि उनके पास उचित संतुलित आहार होता, तो वे बेहतर दौड़ सकते थे या

तेज़ समय पर दौड़ सकते थे। आपके लिए यह जानना महत्वपूर्ण है कि सभी महत्वपूर्ण विटामिन और खनिजों को शामिल करने के लिए आपको मुख्य रूप से क्या खाना चाहिए।

जैसे-जैसे कोई लंबी दूरी दौड़ना शुरू करता है या तेजी से दौड़ना शुरू करता है, शरीर में विटामिन और खनिज भंडार कम होने लगते हैं, खासकर यदि आप अच्छी तरह से संतुलित आहार नहीं ले रहे हैं।

विटामिन और खनिजों की अनुशंसित दैनिक मात्रा प्राप्त करने का सबसे अच्छा तरीका स्वस्थ, संतुलित आहार खाना है। इस प्रकार के खाने में प्रसंस्कृत खाद्य पदार्थों और नमकीन स्नैक्स से छुटकारा पाना शामिल है। इसके बजाय, आपको भरपूर मात्रा में प्राकृतिक, पौष्टिक और ताज़ा भोजन खाना चाहिए। इनमें सब्जियाँ, दुबला मांस, साबुत अनाज, फलियाँ और फल शामिल हैं।

कृत्रिम विकल्प और बोतलबंद पूरक कुछ हद तक सहायक होते हैं, लेकिन वे कभी भी स्वस्थ आहार का विकल्प नहीं बन सकते।

1. विटामिन सी

विटामिन सी सभी सूक्ष्म पोषक तत्वों में से सबसे आवश्यक है। सबसे पहले, यह केशिकाओं, हड्डी और दांतों के अंतरकोशिकीय रखरखाव का प्रभारी है। विटामिन सी की कमी से जोड़ों में दर्द, ऊतकों में सूजन, हड्डियों में कमजोरी और रिकवरी धीमी हो सकती है। विटामिन सी ऊपरी श्वसन पथ के संक्रमण को दूर करने में भी मदद कर सकता है, जो लंबी दूरी के धावकों में हो सकता है। यह एक एंटीऑक्सीडेंट भी है. यह दौड़ने के दौरान आपके शरीर द्वारा उत्पादित मुक्त कणों से लड़ने में मदद कर सकता है, जो अन्यथा मांसपेशियों में दर्द की शुरुआत में देरी कर सकता है। इसके अलावा, विटामिन सी गैर-मांस स्रोतों से आयरन अवशोषण को भी तेज करता है (एनीमिया के जोखिम को कम करने की कुंजी) और ऊर्जा उत्पादन को बढ़ावा देता है। यह विटामिन कोलेजन का निर्माण खंड है, वह कच्चा माल जिसका उपयोग आपका शरीर मांसपेशियों, रक्त वाहिकाओं, उपास्थि और हड्डी के निर्माण के लिए करता है।

सर्वोत्तम स्रोत अमरूद, संतरा, कीवी, स्ट्रॉबेरी, अंगूर, पपीता, ब्रोकोली, फूलगोभी, खरबूजा और अनानास शामिल करें।

2. विटामिन डी

आपके शरीर को कैल्शियम को अवशोषित करने के लिए विटामिन डी की आवश्यकता होती है, जो आपकी हड्डियों को मजबूत और स्वस्थ रखने के लिए आवश्यक है। इसकी कमी से ओवरट्रेनिंग के कारण तनाव फ्रैक्चर और पुरानी सूजन का खतरा बढ़ सकता है, जिससे प्रक्रिया में आपके प्रदर्शन से समझौता हो सकता है। वास्तव में, इस महत्वपूर्ण पोषक तत्व की पर्याप्त मात्रा प्राप्त करने का सबसे अच्छा तरीका बाहर समय बिताना है। मानव शरीर इस पोषक तत्व का उत्पादन तब करता है जब त्वचा सीधे सूर्य के संपर्क में आती है। इसीलिए विटामिन डी को "सनशाइन विटामिन" भी कहा जाता है।

सर्वोत्तम स्रोत धूप (सुबह जल्दी), वसायुक्त मछली, दूध और संतरे का रस शामिल करें।

3. विटामिन ए

विटामिन ए एक वसा में घुलनशील विटामिन है जो शरीर में कई महत्वपूर्ण कार्य करता है, जिसमें सामान्य विकास में सहायता करना, प्रतिरक्षा प्रणाली को मजबूत करना और दृष्टि में सुधार करना शामिल है। लेकिन, सबसे महत्वपूर्ण बात यह है कि विटामिन ए एक एंटीऑक्सीडेंट है जो दौड़ते समय आपके संपर्क में आने वाले खतरनाक मुक्त कणों से आपके शरीर की कोशिकाओं की रक्षा कर सकता है।

सर्वोत्तम स्रोत शकरकंद, गाजर, कद्दू, स्क्वैश, हरी पत्तेदार सब्जियाँ, अंडे और आड़ू शामिल करें।

4. विटामिन ई

विटामिन ई एक और शक्तिशाली, वसा में घुलनशील एंटीऑक्सीडेंट है जो शरीर को लचीला बनाए रखने, कोशिका झिल्ली क्षति को रोकने और बैक्टीरिया और वायरस के खिलाफ प्रतिरक्षा प्रणाली की रक्षा करने की कुंजी है।

यदि आप बहुत अधिक तीव्र दौड़ लगाते हैं, तो आप इस तैलीय एंटीऑक्सीडेंट की प्रचुर मात्रा प्राप्त करके बीमार होने के जोखिम को कम कर सकते हैं। सर्वोत्तम स्रोत बादाम, सूरजमुखी के बीज, जैतून का तेल और मूंगफली का मक्खन शामिल करें।

5. कैल्शियम

कैल्शियम हड्डियों के घनत्व के लिए आवश्यक है, और मजबूत हड्डियाँ किसी भी उच्च प्रभाव वाले व्यायाम, विशेष रूप से दौड़ने के लिए महत्वपूर्ण हैं। आपकी हड्डियाँ कैल्शियम के भंडार के रूप में कार्य करती हैं। इसलिए, जब रक्त आपूर्ति में कैल्शियम की कमी हो जाती है, तो कैल्शियम आपके कंकाल से उधार ले लिया जाता है या चुरा लिया जाता है। लेकिन जब आपके आहार में खनिज पदार्थ कम होते हैं, तो उधार लिया गया कैल्शियम कभी भी वापस नहीं मिलता है, और समय के साथ, इससे हड्डियों की ताकत कम हो सकती है, जिसके परिणामस्वरूप गंभीर चोट लग सकती है। कैल्शियम

उचित रक्त के थक्के जमने और मांसपेशियों के संकुचन में भी मदद करता है।

सर्वोत्तम स्रोतदूध, दही, पनीर, बीन्स और हरी पत्तेदार सब्जियाँ शामिल करें।

6. लोहा

आयरन एक खनिज है जो पूरे शरीर में कोशिकाओं और अंगों में पाया जाता है और कई महत्वपूर्ण कार्य करता है।

मांसपेशियों की कोशिकाओं और लाल रक्त कोशिकाओं में ऑक्सीजन ले जाने वाले यौगिकों मायोग्लोबिन और हीमोग्लोबिन के निर्माण के लिए आयरन की आवश्यकता होती है। यह लाल रक्त कोशिकाओं को मांसपेशियों तक ऑक्सीजन ले जाने में सहायता करता है, जिससे ऑक्सीजन स्थानांतरण दक्षता में सुधार होता है।

आयरन की कमी से आपकी लाल रक्त कोशिकाओं की संख्या कम हो सकती है, जिससे एनीमिया हो

सकता है, और खराब रिकवरी, पुरानी थकान और औसत प्रदर्शन हो सकता है।

शोध के अनुसार, धावकों को इस पर विशेष ध्यान देना चाहिए क्योंकि फुटपाथ पर एक घंटे तक दौड़ने से इस खनिज का स्तर 6 से 8 प्रतिशत तक कम हो सकता है। इसीलिए एथलीटों, विशेषकर महिलाओं में आयरन की कमी आम है।

सर्वोत्तम स्रोत अंडे, मांस, ब्रोकोली, दाल, पालक, खजूर, किशमिश, बादाम और हरी पत्तेदार सब्जियाँ शामिल करें।

7. पोटैशियम

सोडियम के साथ पोटेशियम, सबसे महत्वपूर्ण इलेक्ट्रोलाइट्स में से एक है। पोटेशियम मांसपेशियों के संकुचन में सहायता करता है, रिकवरी में तेजी लाता है और आपके शरीर में द्रव-संतुलन को बढ़ावा देता है।

पोटेशियम के अन्य कार्यों में कार्बोहाइड्रेट और प्रोटीन के चयापचय में सहायता करना, सामान्य मांसपेशियों की वृद्धि को बढ़ावा देना, शरीर में एसिड-बेस संतुलन को विनियमित करना, रक्तचाप और मांसपेशियों के संकुचन को नियंत्रित करना शामिल है।

सर्वोत्तम स्रोत केले, सूखे मेवे, आलू, खरबूजा, दूध और पालक शामिल करें।

8. मैग्नीशियम

मैग्नीशियम 300 से अधिक रासायनिक प्रक्रियाओं के लिए आवश्यक है जो बुनियादी मानव कार्य और स्वास्थ्य को बनाए रखते हैं। इनमें तंत्रिका कार्य, मांसपेशी संकुचन, ऊर्जा उत्पादन, इंसुलिन चयापचय, रक्तचाप, हृदय गतिविधि, हड्डी का स्वास्थ्य और प्रोटीन संश्लेषण शामिल हैं। इसीलिए शारीरिक प्रदर्शन और दौड़ने के लिए मैग्नीशियम सर्वोपरि है। शोध से पता चलता है कि कम मात्रा से पुरानी मांसपेशियों में ऐंठन, औसत दर्जे की रिकवरी, खराब

प्रदर्शन और अन्य गंभीर स्वास्थ्य समस्याएं हो सकती हैं।

एक धावक के रूप में, आप पसीने के माध्यम से मैग्नीशियम खो देंगे, इसलिए कड़ी या लंबी दौड़ से पहले इसे भरपूर मात्रा में प्राप्त करना सुनिश्चित करें।

सर्वोत्तम स्रोत पत्तेदार सब्जियाँ, कद्दू के बीज, बीन्स, बादाम और क्विनोआ शामिल करें।

9. जिंक

जिंक एक महत्वपूर्ण खनिज है जो स्वाभाविक रूप से कुछ खाद्य पदार्थों में पाया जाता है, दूसरों में जोड़ा जाता है, और आहार अनुपूरक के रूप में भी उपलब्ध है। जिंक एक आवश्यक सूक्ष्म पोषक तत्व है जो लगभग 100 एंजाइमों की उत्प्रेरक गतिविधि में एक बड़ी भूमिका निभाता है। सूची में प्रोटीन संश्लेषण, इष्टतम प्रतिरक्षा कार्य, घाव भरना, कोशिका विभाजन, मांसपेशी कोशिकाओं में ऊर्जा उत्पादन, उचित मस्तिष्क कार्य, स्वस्थ कंकाल विकास और डीएनए संश्लेषण शामिल हैं।

फिर भी, पसीने और मूत्र में जिंक की महत्वपूर्ण मात्रा नष्ट हो जाती है, खासकर व्यायाम के बाद। इसलिए, गहन और नियमित प्रशिक्षण से आपकी कमी का खतरा बढ़ सकता है, खासकर यदि आपके आहार में जिंक की कमी है।

सर्वोत्तम स्रोतपोल्ट्री, साबुत अनाज, नाश्ता अनाज और समुद्री भोजन शामिल करें।

10. सोडियम

अन्य खनिजों के विपरीत, सोडियम का एक विशेष और मनभावन स्वाद होता है। यह खनिज आमतौर पर टेबल नमक में पाया जाता है, जिसमें लगभग 40 प्रतिशत सोडियम होता है।

सोडियम मांसपेशियों के संकुचन, पीएच संतुलन को विनियमित करने, तंत्रिका संचरण और उचित जलयोजन के लिए आवश्यक है। अन्य कार्यों में जोड़ों को लचीला रखना, रक्तचाप को नियंत्रित करना, मांसपेशियों के संकुचन में सहायता करना, ऊर्जा चयापचय को सुविधाजनक बनाना और रक्त

में घुलनशील खनिजों को बनाए रखने में मदद करना शामिल है।

धावकों, विशेष रूप से जो एक समय में नब्बे मिनट से अधिक समय तक कसरत करते हैं, उन्हें सोडियम की अधिक आवश्यकता हो सकती है क्योंकि यह मुख्य रूप से पसीने के माध्यम से नष्ट हो जाता है। वास्तव में, आप 600 से 1500 मिलीलीटर तक वजन कम कर सकते हैं। व्यायाम के प्रति घंटे पसीना, गर्म और आर्द्र स्थितियों पर निर्भर करता है। इस प्रकार, सोडियम को नियमित रूप से बदलना पड़ता है। यह विशेष रूप से तब होता है जब आप लंबी दौड़ के दौरान केवल पानी से हाइड्रेटिंग कर रहे हों। सोडियम का निम्न स्तर गर्मी की ऐंठन का कारण बनेगा।

सर्वोत्तम स्रोत साधारण टेबल नमक शामिल करें।

कार्बोहाइड्रेट पर मिथक

कार्बोहाइड्रेट से जुड़े बहुत सारे मिथक और गलत धारणाएं हैं, लेकिन उन पर चर्चा करने से पहले, हमें यह स्पष्ट रूप से समझने की आवश्यकता है कि कार्बोहाइड्रेट क्या होता है।

कार्बोहाइड्रेट एक कार्बनिक यौगिक है जैसे शर्करा, स्टार्च और फाइबर। यह पोषण के लिए एक महत्वपूर्ण घटक है, क्योंकि इसे मानव शरीर के अंदर ऊर्जा में तोड़ा जा सकता है। आपका शरीर कार्बोहाइड्रेट को ग्लूकोज में तोड़ता है। ग्लूकोज या खून में शक्कर आपके शरीर की कोशिकाओं, ऊतकों और अंगों के लिए ऊर्जा का मुख्य स्रोत है। ग्लूकोज को तुरंत इस्तेमाल किया जा सकता है या बाद में उपयोग के लिए यकृत और मांसपेशियों में संग्रहीत किया जा सकता है। कार्बोहाइड्रेट के तीन मुख्य प्रकार हैं:

शर्करा:उन्हें सरल कार्बोहाइड्रेट भी कहा जाता है क्योंकि वे सबसे बुनियादी रूप में होते हैं और इसमें

मोनोसैकेराइड्स (ग्लूकोज, फ्रुक्टोज, गैलेक्टोज) और डिसैकराइड्स (माल्टोज, लैक्टोज, सुक्रोज) होते हैं। इनमें कैंडी, डेसर्ट और प्रसंस्कृत खाद्य पदार्थों में चीनी जैसे खाद्य पदार्थ शामिल हैं। इनमें वह प्रकार की चीनी भी शामिल है जो प्राकृतिक रूप से फलों, सब्जियों और दूध में पाई जाती है।

स्टार्च:वे जटिल कार्बोहाइड्रेट हैं, जिनमें पॉलीसेकेराइड (स्टार्च, फाइबर, ग्लाइकोजन) होते हैं। ऊर्जा के लिए उपयोग करने के लिए आपके शरीर को स्टार्च को शर्करा में तोड़ने की आवश्यकता होती है। स्टार्च में ब्रेड, अनाज और पास्ता शामिल हैं। इनमें आलू, मटर और मक्का जैसी कुछ सब्जियाँ भी शामिल हैं।

Fibers:यह एक जटिल कार्बोहाइड्रेट भी है। आपका शरीर अधिकांश फाइबर को तोड़ नहीं सकता है, इसलिए फाइबर वाले खाद्य पदार्थ खाने से आपको पेट भरा हुआ महसूस करने में मदद मिल सकती है और आपको अधिक खाने की संभावना कम हो सकती है। उच्च फाइबर वाले आहार के अन्य स्वास्थ्य लाभ हैं। वे पेट या आंतों जैसी समस्याओं को रोकने में मदद करेंगेकब्ज़. वे रक्त शर्करा को

कम करने में भी मदद करेंगे **एलडीएल(LDL) (कम घनत्व लिपोप्रोटीन) स्तर सीसभी खराब कोलेस्ट्रॉल। मिथ्या**यह कई खाद्य पदार्थों में पाया जाता है जो पौधों से आते हैं, जिनमें फल, सब्जियां, मेवे, बीज, फलियाँ और साबुत अनाज (जौ, दलिया, ब्राउन चावल) शामिल हैं।

कार्बोहाइड्रेट आपका वजन बढ़ाते हैं

वास्तव में, यह बिल्कुल विपरीत हो सकता है। पोषण विशेषज्ञों का कहना है कि कार्बोहाइड्रेट वास्तव में लोगों की मदद कर सकते हैंवजन कम करनाया स्वस्थ वजन बनाए रखें। इसका एक कारण कार्बोहाइड्रेट में फाइबर की मात्रा होना है। फाइबर आपको पूर्ण और स्फूर्तिवान रखता है। कभी-कभी सफेद ब्रेड और रोटियां अधिक खाने से किसी को भी वजन कम करने में मदद नहीं मिलती है। साथ ही, कार्बोहाइड्रेट को सीमित करने का मतलब है प्रोटीन और वसा का सेवन करना, जिनमें कैलोरी बहुत अधिक होती है, जिससे कार्बोहाइड्रेट के बजाय वजन बढ़ सकता है।

सच तो यह है कि कार्बोहाइड्रेट से तुरंत वजन नहीं बढ़ता है।कार्बोहाइड्रेट में स्वाभाविक रूप से वसा की मात्रा अधिक नहीं होती है, लेकिन यह खाना पकाने की प्रक्रिया है जो वसा और कैलोरी जोड़ती है।

हालाँकि, स्टार्चयुक्त कार्बोहाइड्रेट में कैलोरी-घनी होने की प्रवृत्ति होती है। इन अतिरिक्त कैलोरी के सेवन से वजन बढ़ता है। यहां तक कि कुछ जटिल कार्बोहाइड्रेट भी कैलोरी से भरपूर हो सकते हैं, इसलिए यदि आप वजन बढ़ने से बचना चाहते हैं तो अपने सेवन के आकार के प्रति सचेत रहें।

आपकी दैनिक कार्बोहाइड्रेट की आवश्यकता आपके कैलोरी सेवन पर आधारित हो सकती है। यदि आप जानते हैं कि आपको प्रतिदिन कितनी कैलोरी की आवश्यकता है, तो आप पता लगा सकते हैं कि आपको कितने ग्राम कार्बोहाइड्रेट की आवश्यकता है:

1. अपना दैनिक निर्धारण करके शुरुआत करेंकैलोरी की आवश्यकताऔर उस संख्या को आधे में विभाजित करें। यानी कार्बोहाइड्रेट से कितनी कैलोरी मिलनी चाहिए।

2. प्रत्येक ग्राम कार्बोहाइड्रेट में चार कैलोरी होती है। पहले चरण से प्राप्त संख्या को चार से विभाजित करें।

3. अंतिम संख्या आपके लिए प्रतिदिन आवश्यक ग्राम में कार्बोहाइड्रेट की संख्या के बराबर है।

उदाहरण के लिए, एक व्यक्ति जो प्रतिदिन लगभग 2,000 कैलोरी खाता है, उसे लगभग 250 ग्राम कार्बोहाइड्रेट (2,000 को 2 से विभाजित = 1,000 और 1,000 को 4 = 250 से विभाजित) लेना चाहिए।

कार्बोहाइड्रेट को पचाना मुश्किल होता है

जबकि यह सच है कि कुछऐसे खाद्य पदार्थ जिनमें फाइबर अधिक होता हैयह आपके पाचन तंत्र को और अधिक परेशानी दे सकता है, यह सभी कार्बोहाइड्रेट के मामले में नहीं है और आपको इन्हें नियमित रूप से लेने से नहीं रोकना चाहिए। अधिक मात्रा वाले खाद्य पदार्थअघुलनशील फाइबरजैसे ब्रोकोली, फूलगोभी, पत्तागोभी और अन्य क्रूसिफेरस

सब्जियां पाचन तंत्र में घुलने में अधिक कठिन होती हैं और पेट खराब होने का कारण हो सकती हैं। साबुत अनाज, केले और कुछ सब्जियों जैसे मिर्च और खीरे में पाए जाने वाले घुलनशील फाइबर आपके पाचन तंत्र को वापस पटरी पर लाने के लिए सही कार्बोहाइड्रेट हैं। यदि आप अपने पाचन तंत्र को लेकर चिंतित हैं, तो अपने आहार में बदलाव करने पर विचार करें।

प्रोटीन कार्बोहाइड्रेट से भी अधिक महत्वपूर्ण है

प्रोटीन आवश्यक है, खासकर यदि आप एक सक्रिय जीवन शैली जी रहे हैं और लगातार अपनी मांसपेशियों को प्रशिक्षण दे रहे हैं जैसे वजन उठाना, ट्रैक और फील्ड इवेंट या कोई अन्य उच्च तीव्रता वाली शारीरिक गतिविधि, लेकिन प्रोटीन के संबंध में कार्बोहाइड्रेट को नजरअंदाज नहीं किया जा सकता है। यह आमतौर पर स्वीकार किया जाता है कि अधिक कार्बोहाइड्रेट और कम प्रोटीन वाला आहार शरीर के चयापचय को और भी तेज कर सकता है। इसके अलावा, प्रोटीन और कार्बोहाइड्रेट चीनी को

संसाधित करने में आपकी मदद करने के लिए सामंजस्यपूर्ण रूप से काम करते हैं। प्रोटीन और सब्जियों का संयोजन खाने से भोजन के बाद ग्लूकोज को बढ़ने से रोका जा सकता है। हालाँकि, मैराथन या साइकिलिंग जैसी उच्च तीव्रता वाली शारीरिक गतिविधि के तुरंत बाद लिया गया प्रोटीन मांसपेशियों की रिकवरी में सहायता करता है।

एक्सरसाइज से पहले कार्बोहाइड्रेट नहीं लेना चाहिए

वर्कआउट से पहले सही प्रकार का कार्बोहाइड्रेट आपकी शारीरिक गतिविधि को प्रभावित नहीं करेगा। यह सब समय और अनाज के प्रकार के बारे में है जिसे आप गतिविधि से पहले उपभोग करना चुनते हैं। किसी एथलीट के आहार में कार्बोहाइड्रेट की कमी नहीं हो सकती। वे तत्काल ऊर्जा देने और प्रदर्शन में सुधार करने के लिए आवश्यक हैं, लेकिन जाहिर तौर पर उन्हें प्रशिक्षण से समयबद्ध दूरी पर नियंत्रित और उपभोग किया जाना चाहिए। यदि आप देर दोपहर में वर्कआउट कर रहे हैं, तो दोपहर के भोजन के लिए 70 से 80 ग्राम साबुत अनाज पास्ता की एक

प्लेट, कुछ पनीर के साथ, पेट पर बहुत भारी नहीं पड़ेगी। वर्कआउट के बाद मांसपेशियों को दुरुस्त करने के लिए प्रोटीन की जरूरत होती है।

कार्बोहाइड्रेट में उच्च चीनी सामग्री के कारण फल मधुमेह का कारण बन सकते हैं

एक आम कहावत है कि फलों में बहुत अधिक चीनी होती है। फिर भी, चीनी के प्राकृतिक रूप, जिसे फ्रुक्टोज कहा जाता है, के साथ-साथ फल उन पोषक तत्वों से भरपूर होता है जिनकी हमारे शरीर को आवश्यकता होती है।शोध करनाइससे पता चलता है कि जो लोग अधिक फल और सब्जियां खाते हैं उनमें अन्य पुरानी बीमारियों के साथ-साथ मधुमेह विकसित होने का खतरा कम होता है।

हालाँकि फलों के स्थान पर पैकेज्ड फलों का रस लेने से मधुमेह विकसित होने का खतरा बढ़ जाता है। पैकेज्ड फलों के रस में पूरे फल के समान ही फाइबर और अन्य पोषक तत्वों की कमी होती है। फलों के रस के सेवन और मधुमेह के खतरे के बीच सकारात्मक संबंध तरल अवस्था और पैकेज्ड जूस

में मिलाए जाने वाले अतिरिक्त शर्करा और परिरक्षकों से भी संबंधित हो सकता है।

दिन के पहले कार्बोहाइड्रेट न खाएं

यदि आप एक औसत, स्वस्थ व्यक्ति हैं, तो आप दिन भर में अपने प्रत्येक भोजन के साथ कुछ कार्बोहाइड्रेट खा सकते हैं।

हालाँकि, यदि आप अपना वजन कम करना चाहते हैं या रक्त शर्करा के स्तर में सुधार करना चाहते हैं तो दिन के दौरान पहले कार्बोहाइड्रेट का सेवन करना बेहतर हो सकता है। अधिकांश लोग दिन के आरंभ में सक्रिय होते हैं और रात में अधिक गतिहीन होते हैं। इसलिए, दिन में पहले कार्बोहाइड्रेट खाना अधिक फायदेमंद होता है।

अधिक कार्बोहाइड्रेट खाने से आपको थकान महसूस होगी

यह एक आम ग़लतफ़हमी है कि बहुत अधिक कार्बोहाइड्रेट का सेवन करने से आप थका हुआ और अनुत्पादक महसूस करेंगे। एअध्ययनपता चला कि न केवल भोजन का आकार एक कारक था, बल्कि प्रोटीन

और नमक की मात्रा भी एक कारक थी जिसने लोगों को सुस्त मूड में डाल दिया।

ब्लड शुगर को बनाए रखने के लिए कार्बोहाइड्रेट अच्छे नहीं होते हैं

ब्रेड, चावल, पास्ता, नाश्ता अनाज, डेयरी खाद्य पदार्थ, फल और सब्जियाँ कई आहारों में मुख्य हैं। सभी कार्बोहाइड्रेट प्रदान करते हैं। कैलोरी प्रदान करने के लिए एक कार्बोहाइड्रेट उतना ही अच्छा है जितना दूसरा। जब स्वास्थ्य की बात आती है, तो कुछ दूसरों की तुलना में बेहतर होते हैं। अच्छे कार्बोहाइड्रेट का चयन करने से आपको अपना वजन नियंत्रित करने और मधुमेह, हृदय रोग से लेकर विभिन्न कैंसर जैसी कई पुरानी स्थितियों से बचने में मदद मिल सकती है। अच्छे कार्बोहाइड्रेट की पहचान करने का एक तरीका ग्लाइसेमिक इंडेक्स (जीआई) है। यह उपकरण मापता है कि कोई भोजन रक्त शर्करा को कितना बढ़ाता है।

स्वस्थ आहार चुनने की कोशिश कर रहे लोगों के

लिए ग्लाइसेमिक इंडेक्स श्रेणियां बहुत मददगार हो सकती हैं। उच्च ग्लाइसेमिक खाद्य पदार्थों के परिणामस्वरूप इंसुलिन और रक्त शर्करा (जिसे रक्त ग्लूकोज भी कहा जाता है) में तेजी से वृद्धि होती है। इसके विपरीत, कम ग्लाइसेमिक खाद्य पदार्थ आपको लंबे समय तक भरा हुआ महसूस करने में मदद करते हैं; रक्त शर्करा को समान रखने में मदद करें। कम ग्लाइसेमिक खाद्य पदार्थों का प्रभाव धीमा और कम होता है।

जब भी आप कार्बोहाइड्रेट युक्त कुछ खाते हैं तो रक्त शर्करा और इंसुलिन का स्तर बढ़ जाता है। वे कितना ऊपर उठते हैं और कितनी तेजी से, यह भोजन पर निर्भर करता है। सफेद चावल परोसने का प्रभाव लगभग शुद्ध ग्लूकोज खाने जैसा ही होता है, जिसके परिणामस्वरूप रक्त शर्करा और इंसुलिन में त्वरित, उच्च वृद्धि होती है। दाल परोसने से प्रभाव धीमा और कम होता है। ग्लाइसेमिक इंडेक्स शुद्ध ग्लूकोज की समान मात्रा की तुलना में रक्त शर्करा पर भोजन की एक विशिष्ट मात्रा के प्रभाव की रेटिंग करके इन

परिवर्तनों को पकड़ता है। 28 के ग्लाइसेमिक इंडेक्स वाला भोजन रक्त शर्करा को शुद्ध ग्लूकोज की तुलना में केवल 28% बढ़ाता है। 95 के ग्लाइसेमिक इंडेक्स वाला लगभग शुद्ध ग्लूकोज की तरह काम करता है।

दलिया, बेक्ड आलू, दाल, मक्का और मटर जैसे कम ग्लाइसेमिक इंडेक्स वाले कार्बोहाइड्रेट खाने से स्वस्थ रक्त शर्करा के स्तर को बनाए रखने में मदद मिलेगी।

उच्च ग्लाइसेमिक खाद्य पदार्थ

चीनी, सफेद ब्रेड, आलू, सफेद चावल

मध्यम ग्लाइसेमिक खाद्य पदार्थ

स्वीट कॉर्न, केले, किशमिश, मल्टी ग्रेन ब्रेड

कम ग्लाइसेमिक खाद्य पदार्थ

दालें, चने, राजमा, कच्ची गाजर

निष्कर्ष

अंत में, यह सुरक्षित रूप से माना जा सकता है कि

कार्बोहाइड्रेट खराब नहीं हैं। वास्तव में, कई पोषण विशेषज्ञ कहते हैं कि आपको कार्बोहाइड्रेट खाने की ज़रूरत है, जब तक आप सही प्रकार के कार्बोहाइड्रेट खा रहे हैं और आप इसे संयमित मात्रा में खा रहे हैं। कार्बोहाइड्रेट युक्त खाद्य पदार्थों में अक्सर अन्य महत्वपूर्ण पोषक तत्व होते हैं जिन्हें यदि आप पूरी तरह से त्याग देते हैं तो आप चूक सकते हैं।

मूलतः कार्बोहाइड्रेट आपके आहार में 45% से 65% के बीच होना चाहिए। 2,000-कैलोरी आहार में, प्रत्येक दिन 225 से 325 ग्राम कार्बोहाइड्रेट होंगे। सामान्य धारणा यह है कि कम कार्बोहाइड्रेट वाला आहार आपकी मदद कर सकता हैवजन कम करना, लेकिन केवल तभी जब आप सही तरीके से आहार लेते हैं।

बेहतर प्रदर्शन के लिए भोजन

एक सक्रिय जीवनशैली और व्यायाम के साथ-साथ अच्छा खान-पान, स्वस्थ रहने का सबसे अच्छा तरीका है। उचित पोषण एथलेटिक प्रदर्शन को बेहतर बनाने में मदद कर सकता है।

स्मार्ट स्पोर्ट्स न्यूट्रिशन का लक्ष्य चोटों को कम करना, प्रतिक्रिया समय को बढ़ाना, मांसपेशियों की शक्ति को बढ़ाना, ताकत, सहनशक्ति को बढ़ाना और एकाग्रता को बढ़ाना है। भोजन इस लक्ष्य को प्राप्त करने में सहायता करने वाला ईंधन है। एथलीटों के लिए वर्तमान आहार संबंधी सारणी सामान्य आबादी के लिए आहार सारणी के समान हैं।

हालाँकि, आपके लिए आवश्यक प्रत्येक खाद्य समूह की मात्रा इस पर निर्भर करेगी:

खेल का प्रकार

आप जितना प्रशिक्षण लेते हैं

आप गतिविधि या व्यायाम करने में जितना समय करते हैं

एक एथलीट के दैनिक मेनू में 60% पौधों पर आधारित अलग-अलग रंग की सब्जियां, फल और साबुत अनाज शामिल होना चाहिए, 30% दुबले प्रोटीन से होना चाहिए, जो मछली, मुर्गी और दुबला मांस जैसे जानवरों से प्राप्त किया जा सकता है या सेम, दाल सोया और दूध जैसे पौधों से प्राप्त किया जा सकता है। और 10% गुणवत्ता वाले वसा जैसे मेवे, बीज और दूध से।

कार्बोहाइड्रेट

शरीर में सभी गतिविधियों के लिए कार्बोहाइड्रेट पसंदीदा ऊर्जा स्रोत हैं। पर्याप्त कार्बोहाइड्रेट भंडार होने से रक्त शर्करा के नियमन में मदद मिलती है जिससे शुरुआती व्यायाम की थकान को रोका जा सकता है। यदि कोई एथलीट कम कार्बोहाइड्रेट वाला आहार ले रहा है तो थकावट जल्दी हो जाती है। इसलिए, एक एथलीट जिस प्रकार की गतिविधि कर

रहा है, वह दैनिक कार्बोहाइड्रेट सेवन का प्रतिशत निर्धारित कर सकता है।

धावक और साइकिल चालक उच्च कार्बोहाइड्रेट आहार लेने पर बेहतर प्रदर्शन करते हैं। मैराथन धावक, जो लगातार दिनों में गहन प्रशिक्षण लेते हैं या जो लंबे समय तक धीरज प्रतियोगिताओं में प्रतिस्पर्धा करते हैं, उन्हें कार्बोहाइड्रेट से कुल कैलोरी का 60 से 70 प्रतिशत युक्त आहार लेने की आवश्यकता होती है।

पास्ता, ब्रेड, अनाज, चावल, में पाए जाने वाले कार्बोहाइड्रेटअनाज, आलू, फल, सब्जियाँ और दूध एथलीटों के लिए विशेष रूप से महत्वपूर्ण हैं, क्योंकि वे शरीर को ऊर्जा के लिए ग्लूकोज की आपूर्ति करते हैं। अतिरिक्त ग्लूकोज मांसपेशियों और यकृत में ग्लाइकोजन के रूप में जमा हो जाता है। दौड़ने, बास्केटबॉल या फ़ुटबॉल जैसे छोटे व्यायामों के दौरान, आपका शरीर आपके रक्त शर्करा के स्तर को स्थिर रखने और इस प्रकार आपकी ऊर्जा बनाए रखने के लिए ग्लाइकोजन पर निर्भर करता है। यदि आपके पास पर्याप्त ग्लाइकोजन नहीं है, तो आप

बहुत थका हुआ महसूस कर सकते हैं या गतिविधि को बनाए रखने में कठिनाई हो सकती है, जो आपके प्रदर्शन को प्रभावित करेगी। लंबे समय तक व्यायाम के दौरान, आपका शरीर मुख्य रूप से आपके ग्लाइकोजन भंडार का उपयोग करता है, लेकिन गतिविधि कितने समय तक चलती है, इसके आधार पर, आपका शरीर प्रदर्शन को बढ़ावा देने के लिए आपके शरीर में संग्रहीत वसा का भी उपयोग करेगा।

प्रोटीन

प्रोटीन मांसपेशियों की वृद्धि और शरीर के ऊतकों की मरम्मत के लिए महत्वपूर्ण हैं। प्रोटीन का उपयोग शरीर द्वारा ऊर्जा के लिए भी किया जा सकता है, लेकिन केवल कार्बोहाइड्रेट भंडार समाप्त होने के बाद। केवल शक्ति प्रशिक्षण और व्यायाम से ही मांसपेशियों में बदलाव आएगा। यहां तक कि बॉडी बिल्डरों को भी मांसपेशियों के विकास में सहायता के लिए केवल थोड़े से अतिरिक्त प्रोटीन की आवश्यकता होती है। एथलीट अधिक कुल

कैलोरी खाकर इस बढ़ी हुई आवश्यकता को आसानी से पूरा कर सकते हैं, जो शरीर में बढ़ी हुई वसा के रूप में जमा हो जाएगी।

अक्सर, जो लोग अतिरिक्त प्रोटीन खाने पर ध्यान केंद्रित करते हैं उन्हें पर्याप्त कार्बोहाइड्रेट नहीं मिल पाता है, जो व्यायाम के दौरान ऊर्जा का सबसे महत्वपूर्ण स्रोत है। अमीनो एसिड की खुराक और बहुत अधिक प्रोटीन खाने की सलाह नहीं दी जाती है, जब तक कि शरीर निर्माण और वजन उठाने के लिए मांसपेशियों की वृद्धि को बढ़ाना न हो।

वसा

मोटायह ऊर्जा का एक महत्वपूर्ण स्रोत है जिसका उपयोग लंबे समय तक व्यायाम और धीरज गतिविधियों जैसे साइकिल चलाना, लंबी दूरी की दौड़ और तैराकी को बढ़ावा देने के लिए किया जाता है। आहार में बहुत कम वसा वाला आहार खाने से एथलेटिक प्रदर्शन में कमी आ सकती है और अन्य स्वास्थ्य समस्याएं हो सकती हैं, जैसे कि कुछ विटामिन की कमी, जिन्हें अवशोषित करने के लिए

वसा की आवश्यकता होती है। वसा के हृदय-स्वस्थ स्रोतों में एवोकाडो, सैल्मन, नट्स और जैतून का तेल शामिल हैं।

विटामिन और खनिज

विटामिन और खनिज ऊर्जा के स्रोत नहीं हैं, लेकिन शरीर में उनके कई महत्वपूर्ण कार्य हैं। उदाहरण के लिए,विटामिन डी और कैल्शियम मजबूत हड्डियों के लिए आयरन की आवश्यकता होती है और आपके पूरे शरीर में ऑक्सीजन ले जाने के लिए रक्त कोशिकाओं के लिए आयरन की आवश्यकता होती है। पोटेशियम, कैल्शियम और सोडियम जैसे कुछ खनिजों को इलेक्ट्रोलाइट्स कहा जाता है। वे व्यायाम के दौरान महत्वपूर्ण हैं, क्योंकि वे आपके शरीर में पानी की मात्रा और आपकी मांसपेशियों के काम करने के तरीके पर प्रभाव डालते हैं। यह सुनिश्चित करने के लिए कि उन्हें पर्याप्त विटामिन और खनिज मिलते हैं, एथलीटों को विभिन्न प्रकार के खाद्य पदार्थों के साथ संतुलित आहार खाना चाहिए। नियमित मल्टीविटामिन लेना ठीक है,

लेकिन विटामिन और खनिजों की उच्च खुराक वाले पूरक प्रदर्शन में सुधार नहीं करते हैं और वास्तव में हानिकारक हो सकते हैं

पानी

पानी आपको हाइड्रेटेड रखने के लिए जरूरी है। निर्जलीकरण (जब आपके शरीर में कुशलता से काम करने के लिए पर्याप्त तरल पदार्थ नहीं होते हैं) मांसपेशियों में ऐंठन और चक्कर का कारण बन सकता है। जब आप शारीरिक रूप से सक्रिय होते हैं, तो निर्जलीकरण न केवल खतरनाक होता है, बल्कि आपको अपना सर्वश्रेष्ठ प्रदर्शन करने से भी रोक सकता है। हाइड्रेटेड रहने के लिए अपने साथ पानी की बोतल रखें और पूरे दिन पीते रहें।

प्रतिस्पर्धी उद्देश्य के लिए वांछित वजन प्राप्त करना

प्रदर्शन को बेहतर बनाने के लिए अपने शरीर के वजन में बदलाव सुरक्षित रूप से किया जाना चाहिए अन्यथा यह फायदे से ज्यादा नुकसान पहुंचा सकता है। अपने शरीर का वजन बहुत कम रखना, बहुत

तेजी से वजन कम करना या रोकनाभार बढ़नाअप्राकृतिक तरीके से स्वास्थ्य पर नकारात्मक प्रभाव पड़ सकता है। यथार्थवादी शारीरिक वजन लक्ष्य निर्धारित करना महत्वपूर्ण है।

खेल पेय(sports drink)

सामान्य तौर पर, व्यायाम से पहले, उसके दौरान और बाद में पीने के लिए पानी सबसे अच्छा तरल पदार्थ है। गेटोरेड, फास्ट अप या यूनीवेड जैसे स्पोर्ट्स ड्रिंक पानी, कार्बोहाइड्रेट और इलेक्ट्रोलाइट्स को बदलने में मदद कर सकते हैं। जब आप कोई उच्च तीव्रता वाला खेल खेल रहे हों तो एनर्जी ड्रिंक पीना उपयोगी हो सकता है। हालाँकि, याद रखें कि इन सभी में कैलोरी भी होती है। यदि आप 60 मिनट से कम समय के लिए व्यायाम कर रहे हैं तो संभावना है कि पानी तरल पदार्थ का सबसे अच्छा स्रोत होगा जब तक कि ज़ोरदार व्यायाम या गर्मी में व्यायाम न कियाजाए।

व्यायाम से पहले

व्यायाम करने से पहले आप जो भोजन खाते हैं, वह आपके एथलेटिक प्रदर्शन की गुणवत्ता के साथ-साथ व्यायाम के दौरान और बाद में आप कैसा महसूस करते हैं, उस पर बहुत प्रभाव डालता है। आपको निम्न रक्त शर्करा को रोकने के लिए, अपने वर्कआउट के दौरान भूख लगने से बचाने के लिए और प्रशिक्षण और प्रतिस्पर्धा के लिए अपनी मांसपेशियों को ऊर्जा प्रदान करने के लिए अपने व्यायाम-पूर्व भोजन की योजना बनाने की आवश्यकता है। व्यायाम शुरू करने से लगभग चार घंटे पहले अधिक मात्रा में कार्बोहाइड्रेट, प्रोटीन और वसा युक्त भोजन करें। यदि आप व्यायाम शुरू होने से दो घंटे पहले छोटे भोजन करते हैं जिनमें कार्बोहाइड्रेट की मात्रा अधिक होती है और प्रोटीन की मात्रा मध्यम होती है तो बेहतर होता है। कार्बोहाइड्रेट सभी भोजन और नाश्ते में होना महत्वपूर्ण है, क्योंकि वे आपको ऊर्जा देते हैं। साबुत अनाज कार्बोहाइड्रेट आपको लंबे समय तक चलने वाली ऊर्जा शक्ति प्रदान करेंगे और कसरत के बाद इन्हें सबसे अच्छा खाया जाता है। साबुत अनाज पास्ता, बेक्ड आलू, ब्राउन चावल और ताजे फल सभी

जटिल कार्बोहाइड्रेट के अच्छे स्रोत हैं। सफेद ब्रेड या सफेद चावल जैसे परिष्कृत कार्बोहाइड्रेट आपको तुरंत ऊर्जा देंगे और व्यायाम से एक घंटे पहले इन्हें खाना सबसे अच्छा है।

व्यायाम से ठीक पहले उच्च मात्रा (उच्च फाइबर) वाले खाद्य पदार्थ जैसे ब्रोकोली, बेक्ड बीन्स या उच्च फाइबर अनाज से बचें। ये खाद्य पदार्थ आपके पाचन तंत्र से धीरे-धीरे गुजरने के कारण व्यायाम के दौरान गैस्ट्रो आंत्र संकट का कारण बन सकते हैं। हालाँकि, उच्च फाइबर वाले खाद्य पदार्थ अच्छे पोषण से भरपूर होते हैं, इसलिए उन्हें दिन के अन्य समय में शामिल करना सुनिश्चित करें।

चीनी और मिठाइयाँ स्थायी ऊर्जा प्रदान नहीं करती हैं और इसलिए इन्हें आपके व्यायाम को बढ़ावा देने के लिए अनुशंसित नहीं किया जाता है।

अपने व्यायाम से पहले के भोजन में फास्ट फूड, आइसक्रीम, नट्स और पनीर जैसे उच्च आहार वसा वाले खाद्य पदार्थों को सीमित करें। इन खाद्य पदार्थों को पचने में अधिक समय लगता है और यदि आप वर्कआउट से ठीक पहले इनका बहुत

अधिक सेवन करते हैं तो आपको सुस्ती और थकान महसूस हो सकती है।

व्यायाम के दौरान

आपके वर्कआउट की अवधि के आधार पर, आपको व्यायाम के दौरान कुछ खाने की आवश्यकता हो भी सकती है और नहीं भी। यदि आपको लगता है कि आपको भूख लग रही है या आपका वर्कआउट डेढ़ घंटे से अधिक समय तक चल रहा है, तो पचाने में आसान कुछ खाने का प्रयास करें जो आपको तेजी से काम करने वाली ऊर्जा प्रदान करेगा जैसे कि फल, एक एनर्जी बार, या धीरज एथलीटों के लिए तैयार किए गए स्पोर्ट्स जैल। .

व्यायाम के बाद

व्यायाम के बाद, कैलोरी युक्त पेय जैसे दूध, जूस या स्पोर्ट्स ड्रिंक पानी और ग्लूकोज की जगह ले सकते हैं। दूध मांसपेशियों के पुनर्निर्माण और मरम्मत में मदद करने के लिए प्रोटीन भी प्रदान करेगा। आप अपने मूत्र के रंग को देखकर पता लगा सकते हैं

कि आप अच्छी तरह से हाइड्रेटेड हैं या नहीं। हल्का पीला या साफ़ रंग अच्छे जलयोजन का संकेत है। हालाँकि, यदि आपको गहरा पीला रंग दिखाई देता है, तो इसका मतलब है कि आपको अधिक तरल पदार्थ पीने की ज़रूरत है।

कार्बोहाइड्रेट लोडिंग

कार्बोहाइड्रेट लोडिंग एक ऐसी तकनीक है जिसका उपयोग मांसपेशियों में ग्लाइकोजन की मात्रा बढ़ाने के लिए किया जाता है। इसमें प्रतियोगिता से पहले सप्ताह के दौरान अतिरिक्त कार्बोहाइड्रेट खाना शामिल है, साथ ही अपने प्रशिक्षण में कटौती करना भी शामिल है। कार्बोहाइड्रेट लोडिंग मैराथन धावकों और अन्य प्रतिस्पर्धी धीरज एथलीटों के लिए है और अधिकांश खेलों के लिए यह आवश्यक नहीं है।

प्रोटीन अनुपूरक

हालाँकि मांसपेशियों के निर्माण के लिए कुछ अतिरिक्त प्रोटीन की आवश्यकता होती है, अधिकांश एथलीटों को भोजन से भरपूर प्रोटीन मिलता है।

पूरक आहार से अतिरिक्त प्रोटीन प्राप्त करने से कोई अतिरिक्त लाभ नहीं होगा। मांसपेशियों के निर्माण के लिए अतिरिक्त प्रोटीन की तुलना में पर्याप्त कैलोरी, विशेष रूप से कार्बोहाइड्रेट का सेवन वास्तव में अधिक महत्वपूर्ण है। पर्याप्त कैलोरी के बिना, आपका शरीर नई मांसपेशियों का निर्माण नहीं कर सकता है।

शाकाहार

शाकाहार अब एक तेजी से बढ़ती घटना है, जो दुनिया भर में तेजी से स्वीकार्यता प्राप्त कर रही है। शाकाहारी आहार शाकाहारी या मांसाहारी आहार से भिन्न होता है। शाकाहारी आहार मांस, पोल्ट्री और मछली जैसे पशु उत्पादों और ओमेगा 3, जिलेटिन और विटामिन डी 3 जैसे पशु सामग्री वाले किसी भी भोजन से पूरी तरह से मुक्त है। शाकाहारी आहार में दूध और उससे बने उत्पाद जैसे आइसक्रीम, पनीर और दही भी शामिल नहीं होता है।

इसके अलावा, मधुमक्खी का उप-उत्पाद होने के कारण शहद भी शाकाहारी सूची में नहीं है।

यह समझना भी महत्वपूर्ण है कि शाकाहारी आहार क्या होता है, जिसकी सूची में कुछ सकारात्मक पहलू इस प्रकार हैं:

1. सभी अनाज और साबुत अनाज उत्पाद।

2. सभी फल.

3. सभी सब्जियां.

4. दूध का स्थान सोया दूध, नारियल का दूध, काजू दूध, जई का दूध और चावल का दूध ले लेता है।

5. प्रोटीन के स्रोतों में मेवे और बीज शामिल हैं। फलियां, दालें और दाल और अनाज का संयोजन एक अच्छा प्रोटीन बनाता है।

6. पशु वसा को जैतून के तेल और नारियल के तेल द्वारा प्रतिस्थापित किया जाता है।

7. दूध में पाए जाने वाले कैल्शियम को बदलने के लिए, डेरिवेटिव शाकाहारी मेयोनेज़, मूंगफली का मक्खन और तिल का मक्खन हैं जिनका उपयोग ब्रेड पर स्प्रेड के रूप में किया जा सकता है।

8. विटामिन डी सुबह की धूप के साथ-साथ मशरूम में भी पाया जा सकता है।

9. सैल्मन मछली में पाए जाने वाले ओमेगा 3 की जगह अखरोट, चिया और अलसी के बीज ले सकते हैं।

अपने तार्किक चरम पर ले जाया जाए, तो किसी भी प्रकार के पशु उत्पाद को जीवन-शैली विकल्प के रूप

में शाकाहार में निषिद्ध किया जाएगा। अधिकांश मानवता परीक्षण में असफल हो जाएगी क्योंकि सच्चा शाकाहारी होने के लिए, आप लस्सी, आइसक्रीम या आम शेक का लंबा गिलास नहीं पी सकते। आप घी के साथ मसाला डोसा भी नहीं खा सकते, क्योंकि घी एक दुग्ध उत्पाद है।

हालाँकि, यदि शाकाहार का ठीक से पालन नहीं किया जाता है, तो यह हमारे स्वास्थ्य के लिए हानिकारक हो सकता है। शाकाहारी लोगों में विटामिन बी 12, प्रोटीन, आयरन और ओमेगा 3 की कमी हो सकती है। ओमेगा 3 की कमी से स्ट्रोक और तंत्रिका संबंधी विकारों का खतरा हो सकता है। यदि आप शाकाहारी बनना चुनते हैं, तो अपने पोषण की सावधानीपूर्वक योजना बनाना महत्वपूर्ण है। शाकाहारी लोग या तो कम प्रोटीन खा सकते हैं या अधिक खा सकते हैं। शाकाहार के लिए आपको मांस, मछली, अंडे और डेयरी उत्पादों के स्रोतों को खत्म करना होगा। किसी व्यक्ति की आहार संबंधी आवश्यकताओं को पूरा करने के लिए शाकाहारी आहार में पर्याप्त विकल्प होते हैं, लेकिन इसके लिए दाल, दालें, फलियां, मेवे

और बीजों का सेवन अच्छी तरह से नियोजित करने की आवश्यकता होती है, जो अच्छी गुणवत्ता वाले प्रोटीन पूरक हैं। हालांकि, शाकाहारी लोग बहुत अधिक मात्रा में सेवन करने की गलती करते हैं। प्रोटीन खतरनाक साबित हो सकता है, क्योंकि अतिरिक्त प्रोटीन शरीर में वसा के रूप में जमा हो जाता है, जो मोटापे का कारण बनता है। कभी-कभी, आहार में दूध से परहेज करना मुश्किल हो जाता है, खासकर भारत में, जो दुनिया के शीर्ष दूध उत्पादक देशों में से एक है, जहां कोई भी शाकाहारी व्यंजन पनीर, रायता, घी और दूध आधारित मिठाइयों के बिना पूरा नहीं होता है। शाकाहार केवल एक आहार नहीं है, बल्कि एक पहचान है जो संस्कृति, परंपराओं और समाज की मानव निर्मित विचारधाराओं से परे है, जो हमारे दैनिक जीवन में विश्व स्तर पर हर साल मारे जाने वाले लाखों जानवरों के लिए एक नैतिक दायित्व को परिभाषित करता है। चाय और कॉफी पीने वाले अपना दैनिक कप ले सकते हैं हरी चाय, काली चाय या बादाम, सोया या जई के दूध के साथ कॉफी के रूप में काढ़ा।

शाकाहारी बनने के लिए बहुत सोच-विचार और प्रयास की आवश्यकता होती है। खाना पकाने में रचनात्मक होना ही युक्ति है। एक आदर्श शाकाहारी आहार में फल, सब्जियाँ, साबुत हरे उत्पाद, मेवे, बीज और फलियाँ शामिल होती हैं। दिन के लिए एक विशिष्ट आहार में नाश्ते के लिए ताजे फलों के साथ अनाज दलिया, दोपहर के भोजन के लिए क्विनोआ के साथ एक शाकाहारी हलचल-तलना और रात के खाने के लिए हरी पत्तेदार सलाद के साथ बीन और सब्जी का सूप शामिल हो सकता है। शाकाहार में प्रचलित कुछ कमियां हैं, जिनकी आवश्यकता है संबोधित करने के लिए। हालाँकि, अच्छी खबर यह है कि हमारे पास उनसे निपटने के तरीके हैं:

विटामिन बी 12

बी12 के लिए, व्यक्ति को पोषक खमीर या पौधे के दूध से बने पूरक या किण्वित खाद्य पदार्थ लेने की आवश्यकता होती है। कमी तब होती है जब आप संतुलित आहार नहीं लेते हैं।

प्रोटीन दालें, दाल, फलियां, मेवे और बीज जैसे शाकाहारी विकल्प नहीं खाने से प्रोटीन की कमी हो सकती है।

आयरन यदि आप शाकाहारी बनना चुनते हैं, तो अपने भोजन में पालक, चुकंदर, मेवे और बीज शामिल करें। चूंकि विटामिन सी आयरन के अवशोषण को बढ़ाता है, इसलिए ताजा नींबू को आयरन शाकाहारी व्युत्पन्न के साथ लिया जाना चाहिए।

ओमेगा 3 फैटी एसिड्स
सबसे अच्छा शाकाहारी स्रोत अखरोट है।

क्रिएटिन
यह मांसपेशियों और सहनशक्ति को बढ़ाने में मदद करता है। हमारा शरीर हर दिन थोड़ी मात्रा में क्रिएटिन बनाता है, लेकिन मांस के अभाव में अधिक शारीरिक गतिविधियों में शामिल होने वाले किसी व्यक्ति के लिए आवश्यक पूरक आवश्यक हो सकते हैं।

जिंकबीन्स, फलियां और साबुत अनाज में जिंक होता है, लेकिन फाइटिक एसिड सामग्री को कम करने के

लिए उन्हें पकाने से पहले भिगो दें या अंकुरित कर लें, जो शरीर के लिए हानिकारक है। एथलीटों को परेशान करने वाला सवाल यह है कि क्या शाकाहारी लोग उच्च तीव्रता वाले व्यायाम कर सकते हैं? इसका जवाब पक्का हां है. एक एथलीट शाकाहारी आहार लेकर अच्छा प्रदर्शन कर सकता है, बशर्ते वह महत्वपूर्ण खनिज, विटामिन और आवश्यक पोषक तत्वों से वंचित न हो। एक एथलीट के लिए पोषण के अलावा सही प्रशिक्षण, रिकवरी और मानसिकता जैसे अन्य पहलुओं की भी भरपूर आवश्यकता होती है।

दौड़ दिवस की तैयारी

किसी भी दौड़ में भाग लेने के लिए समर्पण और तैयारी की आवश्यकता होती है। फिनिश लाइन को पार करना हमेशा एक यादगार अवसर होता है। यहां कुछ महत्वपूर्ण कदम दिए गए हैं जिन्हें आप रेस दिवस की तैयारी के लिए उठा सकते हैं।

1. दूरी पूरी करने के लिए आपके प्रशिक्षण दौड़ के आधार पर आपके मन में दौड़-पूर्व लक्ष्य होना चाहिए। उदाहरण के लिए 90 मिनट से कम समय में विधि का उपयोग करके दौड़ की योजना बनाएं।

3. दौड़ के दिन आपका प्रशिक्षण स्वरूप कमोबेश इस बात पर निर्भर करेगा कि आपने दौड़ने में कितना समय लगाया है। यदि आपने अच्छी तरह से प्रशिक्षण लिया है तो शुरुआत करके अपने अंतर्ज्ञान का पालन करेंजब तक आप अपनी सामान्य प्रशिक्षण गति में स्थिर नहीं हो जाते तब तक धीरे-धीरे अपना कदम बढ़ाएं।

4.मार्ग के विभिन्न बिंदुओं पर मार्कर होंगे। आपको दौड़ में निश्चित दूरी पर अपनी घड़ी के अनुसार समय देखकर दौड़ना चाहिए, यह देखने के लिए कि आप अपने दौड़ लक्ष्य के अनुसार दौड़ रहे हैं या नहीं।

कोशिश करें कि आखिरी एक किलोमीटर तक बिना चले दौड़ें।

5.एक धावक के रूप में, आपके लिए निर्जलीकरण से बचना महत्वपूर्ण है। ज्यादातर मामलों में, सादा पानी ही सबसे अच्छा तरीका है, लेकिन छोटी और लंबी दौड़ के बीच एक बड़ा अंतर है। 5K और 10K धावकों को मुख्य रूप से दौड़ से पहले और बाद में ईंधन भरने और हाइड्रेटिंग पर ध्यान देना चाहिए। इवेंट के दौरान 10K के लिए कुछ जलयोजन आवश्यक हो सकता है, लेकिन यह धावक पर निर्भर करेगा।

मैराथन के लिए आपको आसानी से पचने योग्य भोजन के साथ ईंधन भरने का अभ्यास करना होगा, जिससे आंतों में परेशानी न हो। लंबे प्रशिक्षण के दौरान और बाद में हाइड्रेटिंग और ईंधन भरने का

अभ्यास करना एक अच्छा विचार है ताकि दौड़ के दिन कोई आश्चर्य न हो।

6.ड्राई-फिट टी-शर्ट और ड्राई-फिट शॉर्ट्स पहनें। एड्राई-फिट शर्ट परिधान पॉलिएस्टर, स्पैन्डेक्स और इलास्टेन जैसे सिंथेटिक फाइबर का मिश्रण हैपसीने को शरीर से दूर कपड़े की सतह पर ले जाता है, जहां यह वाष्पित हो जाता है। नतीजतन, ड्राई-फिट परिधान धावकों को सूखा और आरामदायक रखता है।टी-शर्ट हल्के रंग की होनी चाहिए, क्योंकि हल्का रंग गर्मी को दर्शाता है और गहरा रंग गर्मी को अवशोषित करता है। निचला परिधान गहरे रंग का हो सकता है।

7.चूँकि, दौड़ सुबह 6:00 बजे के आसपास शुरू हो सकती है, इसलिए पिछले दिन रात की अच्छी नींद लेने का प्रयास करें। अपने प्रशिक्षण के दौरान हर रात कम से कम आठ घंटे की नींद लेने का प्रयास करें। कुछ धावकों को इससे अधिक की आवश्यकता होती है और कुछ को कम की आवश्यकता होती है। अपने शरीर की ज़रूरतों को सुनना महत्वपूर्ण है, क्योंकि यह साबित करने के लिए सबूत हैं कि थोड़ी

सी नींद भी आपके दौड़ने के प्रदर्शन में बाधा डाल सकती है। आपको दौड़ शुरू होने से एक घंटा पहले रिपोर्ट करना पड़ सकता है।

8. पिछले दिन एक्सपो से बिब नंबर और गुडी बैग इकट्ठा करना याद रखें, अधिमानतः पहले भाग में ताकि आप जल्दी रात के खाने और सोने के लिए जल्दी वापस आ सकें। एक्सपो में रहते हुए, रूट मैप देखें, जो आम तौर पर एक दीवार पर प्रदर्शित होता है। यह आपको किलोमीटर के आधार पर जलयोजन बिंदु, मोबाइल शौचालय, प्राथमिक चिकित्सा बिंदु, ऊंचाई स्तर (चढ़ाई और नीचे दोनों), प्रारंभिक बिंदु, समापन बिंदु और दूरी-मार्कर बिंदुओं के साथ पूरा मार्ग देगा।

9. दौड़ वाले दिन से एक रात पहले अपने सभी दौड़ने वाले सामान को साफ-सुथरे ढंग से रखें ताकि आप दौड़ वाले दिन की सुबह अपने सामान को खोजने में समय बर्बाद न करें। आपकी जांच सूची:

(ए) दौड़ने के जूते।

(बी) चलने वाले मोज़े।

(सी) अंडरवियर/स्पोर्ट्स ब्रा।

(डी) रूमाल।

(ई) ड्राई-फिट टी-शर्ट और शॉर्ट्स।

(एफ) तौलिया सामग्री से बना कलाई-बैंड।

(जी) कैप (वैकल्पिक)। बारिश होने पर उपयोग करें.

(एच) महिलाओं के लिए, पहले से तय कर लें कि आप अपने बालों को खुला रखना चाहेंगी या बांधना। अगर आपके बाल कंधे से नीचे गिरते हैं तो पोनी-टेल लुक के लिए हेयर-बैंड का इस्तेमाल करना बेहतर होगा। यह आप पर निर्भर करता है कि आप किस स्टाइल में कितना सहज महसूस करते हैं। आप अपने बालों को क्लिप से बन में भी बांध सकती हैं।

(I) एक छोटा कमर-बैग जो स्नैप-ऑन प्लास्टिक ताले के साथ एक बेल्ट का उपयोग करके आपकी कमर पर आराम से फिट बैठता है। कमर-बैग में कुछ छोटे नोट, रूमाल, आईडी कार्ड, मोबाइल फोन, पेपरमिंट/बबल गम, नमककीगोलियांऔरग्लूकोजटैबरखें।

(जे) आमतौर पर एक बैगेज काउंटर होता है जो आपको बदलने और अपने सामान्य कपड़े एक बैग में रखने की अनुमति देता है, जिसे आप एक टोकन के बदले बैगेज काउंटर में जमा कर सकते हैं। दौड़ के बाद जब आप अपना बैग लेंगे तो आपको टोकन वापस करना होगा। बैग को लॉक करके रखें. बैग में दर्द निवारक स्प्रे, पानी की बोतल, मॉइस्चराइजिंग क्रीम, टैल्कम पाउडर, कंघी, सूती टी-शर्ट और कपड़ों के साथ ताजा अंडरवियर का अतिरिक्त सामान रखें।

(के) सुबह अपने दौड़ने वाले परिधान पहनने से पहले, अपनी बगल, कमर क्षेत्र और निपल्स पर मॉइस्चराइजर/क्रीम का उपयोग करें। यह आपके दौड़ते परिधान को फटने/रगड़ने से रोकेगा और घावों को होने से रोकेगा।

(एल) छाले से बचने के लिए दौड़ते मोज़े पहनने से पहले अपने पैरों पर वैसलीन पेट्रोलियम जेली का प्रयोग करें।

(एम) दौड़ में आगे बढ़ने पर किलोमीटर मार्करों को देखकर दूरी के तहत तय किए गए समय की

गणना करने के लिए स्टॉप-वॉच सुविधा वाली एक सामान्य घड़ी पहननी चाहिए। यदि आप नियमित रूप से दौड़ में भाग लेने की योजना बनाते हैं, तो हृदय-गति सुविधा के साथ एक जीपीएस घड़ी भी खरीदें या आप अपने एंड्रॉइड फोन पर इंटरनेट से एक मुफ्त दौड़ ऐप डाउनलोड कर सकते हैं, ऐसी स्थिति में एक मोबाइल फोन धारक रखें, जिसे आप कर सकते हैं सुविधा के लिए अपनी ऊपरी बांह पर पट्टा लगाएं।

10. सर्वोत्तम मल त्याग के लिए, दौड़ से 2 घंटे पहले हल्का भोजन करें जिसमें केला जैसा फल (इसमें पोटेशियम होता है, जो ऐंठन को रोकता है), दलिया या दलिया या अनाज और एक गिलास सुगंधित दूध शामिल हो। दौड़ से ठीक 10 मिनट पहले लगभग 250 मिलीलीटर इलेक्ट्रोलाइट ड्रिंक लें। दौड़ से 12 घंटे पहले लिया गया पिछली रात का भोजन 60:30:10 के अनुपात में कार्बोहाइड्रेट, प्रोटीन और वसा के साथ आपका सामान्य भोजन हो सकता है। दौड़ के दिन से पहले के कुछ दिनों में कोई भी नया भोजन न आज़माएँ।

11।धीरे-धीरे शुरू करें और धीरे-धीरे अपना कदम बढ़ाएं जब तक कि आप अपनी सामान्य प्रशिक्षण गति में स्थिर न हो जाएं। अंत में लेकिन महत्वपूर्ण बात यह है कि दौड़ से पहले चिंता होना आम बात है। यह किसी भी प्रतियोगिता का एक सामान्य हिस्सा है और इसका मतलब है कि आप अपने प्रदर्शन की परवाह करते हैं और अच्छा प्रदर्शन करना चाहते हैं। शांत और तनावमुक्त रहें और अपनी सांसों पर ध्यान केंद्रित करें।

12.जैसे ही आप फिनिश लाइन पार कर लें, अचानक चलना शुरू न करें। लगभग 10 मिनट तक जॉगिंग जारी रखें और फिर टहलें। इससे आपके शरीर का मेटाबॉलिज्म धीरे-धीरे शांत हो जाएगा और मांसपेशियों की ऐंठन से बचा जा सकेगा। जब आप चलना शुरू करें, तो चारों ओर इलेक्ट्रोलाइटिक पेय परोसने वाले काउंटर को देखें और एक या दो गिलास पी लें। आम तौर पर दौड़ के अंत में, एक जलपान पैकेट परोसा जाता है जिसमें केला, चॉकलेट, बिस्कुट, नमकीन पेय आदि होता है। इसे अपने कैलोरी की कमी वाले शरीर की तत्काल जरूरतों को पूरा करने के लिए लें। अन्यथा, बैगेज काउंटर पर अपने बैग

में एक एनर्जी ड्रिंक और फल, अधिमानतः एक केला, रखें। अपनी मांसपेशियों की ऊर्जा और तरल पदार्थों को फिर से भरने के लिए स्पोर्ट्स ड्रिंक या पानी पियें।

13. अपने पैरों की जांच करें. यदि आपके टखने या घुटने सूजे हुए या लाल हैं और दर्द महसूस हो रहा है, तो यह अत्यधिक परिश्रम का संकेत देता है। यदि आपके पैरों के तलवों में दर्द है और आप लंगड़ा रहे हैं; चावल सिद्धांत का पालन करें:

आरामः दौड़ लगाते समय मांसपेशियों के तंतुओं में सूक्ष्म दरारें आ जाती हैं, जिनकी शरीर आराम के दौरान मरम्मत करता है। इसलिए, आराम एक महत्वपूर्ण भूमिका निभाता है, खासकर दौड़ खत्म करने के बाद पहले तीन दिनों के दौरान।

आईसीईः असुविधा के प्रारंभिक चरण के दौरान बर्फ का उपयोग रक्त वाहिकाओं को संकुचित करता है जिससे थकी हुई मांसपेशियों में रक्त का प्रवाह कम हो जाता है। कम रक्त प्रवाह सूजन, सूजन, दर्द और मांसपेशियों की ऐंठन को कम करने में मदद करता है। हालाँकि, अधिकतम लाभ प्राप्त करने के लिए पहले तीन घंटों के दौरान आइसिंग की जानी

चाहिए। यदि आपके पास आइस पैक नहीं है, तो आप जमे हुए मटर या मकई के प्लास्टिक बैग से एक आइस पैक बना सकते हैं।

संपीड़ित करें: सूजन की स्थिति में आप घायल क्षेत्र को इलास्टिक पट्टी से लपेट सकते हैं। यह चुस्त और आरामदायक होना चाहिए और बहुत तंग नहीं होना चाहिए। यदि यह तंग है, तो यह रक्त प्रवाह को बाधित करेगा।

एलिवेट: आपको इसे अपने ठहरने के स्थान या होटल के कमरे में करना होगा। स्नान करने के बाद, अपने बिस्तर पर आराम करें, अपने पैरों पर बर्फ लगाएं और उन्हें तकिये पर रखें ताकि वे ऊंचे रहें। गुरुत्वाकर्षण का उपयोग करके सूजन को कम करने में मदद करने के लिए ऊंचाई एक आदर्श तरीका है। यह सबसे अच्छा काम करता है यदि आप प्रभावित हिस्से (पैर, टखने, पिंडली, घुटने या जांघ) को हृदय के स्तर से ऊपर रखते हैं। इससे रक्त को वापस हृदय की ओर लौटने में मदद मिलती है।

14. आपको अपनी दौड़ पूरी करने के एक घंटे के भीतर अपना पहला पूर्ण भोजन लेने का प्रयास करना चाहिए। इसमें कार्बोहाइड्रेट और प्रोटीन शामिल होना चाहिए। आपको जितनी जल्दी हो सके एक लीटर तरल पदार्थ पीकर पसीने के माध्यम से खोए गए पानी और इलेक्ट्रोलाइट्स को बदलने का प्रयास करना चाहिए, खासकर यदि आप गर्म या आर्द्र वातावरण में दौड़ रहे हों। दिन भर पानी के घूंट लेते रहें। आपके मूत्र का रंग यह संकेत दे सकता है कि आप पूरी तरह से हाइड्रेटेड हैं या नहीं। यह हल्का पीला होना चाहिए. कुछ भी गहरा होने का मतलब है कि आपको अधिक तरल पदार्थों की आवश्यकता है।

15. आपको अपनी दौड़ के बाद दो घंटे के भीतर स्नान करके बिस्तर पर आराम करने का प्रयास करना चाहिए। चूँकि आपकी 10K या हाफ मैराथन सुबह 10:00 बजे तक अवश्य समाप्त हो जाएगी, इसलिए यह कोई कठिन कार्य नहीं होगा। बिस्तर पर लेटते समय अपने पैरों को ऊंचा रखने की कोशिश करें। आराम आपकी थकी हुई मांसपेशियों

को स्वस्थ होने और आपके दिल की धड़कन को कम करने में मदद करेगा। दोपहर के भोजन पर दोस्तों के साथ जश्न मनाने से पहले कम से कम दो या तीन घंटे तक लेटे रहें।

16. यह दोबारा निरीक्षण करने का भी अच्छा समय है कि आपने अपनी दौड़ में कैसा प्रदर्शन किया। यदि आपको दौड़ पूरी करने के लिए संघर्ष करना पड़ा, निर्जलीकरण और ऐंठन से पीड़ित हुए, तो इसका मतलब है कि आपका शरीर दौड़ के लिए तैयार नहीं था। यह इस बात का भी संकेत हो सकता है कि आपने अपनी अपेक्षा से परे चलने की कोशिश की। इसमें कुछ भी गलत नहीं है सिवाय इसके कि आपके शरीर को आपकी दौड़ने की गति से सहमत होना होगा। इसका मतलब यह भी हो सकता है कि मौसम की स्थितियाँ आपके प्रशिक्षण के अनुरूप नहीं थीं। यह गर्म या ठंडा था. आपको अपनी अगली दौड़ के लिए तदनुसार प्रशिक्षण लेने की आवश्यकता है। दूसरी ओर, यदि आपने दौड़ के दौरान सहज महसूस किया और मजबूती से दौड़

पूरी की, तो इसका मतलब है कि आप भविष्य में लंबी दूरी के लिए तैयार हैं।

मधुमेह के बारे में आपको क्या जानना चाहिए

यदि आपको टाइप 1 या टाइप 2 मधुमेह है, तो सबसे पहले आपको बीमारी की अच्छी समझ होनी चाहिए। मैंने मधुमेह के सभी पहलुओं को सरल और समझने में आसान तरीके से समझाने की कोशिश की है।

इंसुलिन के प्रमुख कार्य

इंसुलिन का मुख्य कार्य मस्तिष्क को छोड़कर सभी ऊतकों में ग्लूकोज चयापचय का विनियमन है। यह मांसपेशियों और वसा ऊतक कोशिकाओं में ग्लूकोज परिवहन की दर को बढ़ाकर पूरा किया जाता है। किसी भी ग्लूकोज को तुरंत ऊर्जा के लिए अपचयित नहीं किया जाता है, जिसे बाद में उपयोग के लिए ग्लाइकोजन के रूप में संग्रहीत किया जाता है।

इंसुलिन का लिपिड चयापचय पर भी स्पष्ट प्रभाव पड़ता है। जैसे ही रक्त शर्करा का स्तर बढ़ता है (जैसा कि

आमतौर पर भोजन के बाद होता है), इंसुलिन बढ़ जाता है, जिसके कारण ग्लूकोज वसा कोशिकाओं द्वारा ग्रहण किया जाता है और ट्राइग्लिसराइड में संश्लेषित होता है। एक अच्छी तरह से विनियमित इंसुलिन प्रतिक्रिया के साथ, ऊर्जा के लिए कार्बोहाइड्रेट का प्राथमिकता से उपयोग किया जाता है; अतिरिक्त कार्बोहाइड्रेट जो ग्लाइकोजन में संश्लेषित नहीं होते हैं उन्हें लिपिड के रूप में परिवर्तित और संग्रहित किया जाता है।

इंसुलिन स्राव सीधे अग्न्याशय से गुजरने वाले रक्त में ग्लूकोज के स्तर से नियंत्रित होता है। रक्त शर्करा के स्तर में वृद्धि से इंसुलिन स्राव उत्तेजित होता है। यह कोशिकाओं में ग्लूकोज के प्रवेश को प्रेरित करता है, रक्त ग्लूकोज को कम करता है और इंसुलिन रिलीज के लिए उत्तेजना को हटा देता है। दूसरी ओर, रक्त शर्करा में कमी के कारण रक्त इंसुलिन का स्तर नाटकीय रूप से गिर गया, जिससे रक्त शर्करा के स्तर को बढ़ाने के लिए अनुकूल वातावरण उपलब्ध हुआ। ग्लूकोज और इंसुलिन के बीच यह अंतःक्रिया एक प्रतिक्रिया तंत्र प्रदान करती है जो आम तौर पर एक संकीर्ण सीमा के भीतर रक्त ग्लूकोज को नियंत्रित करती है।

मधुमेह

मधुमेह मेलेटस में दो उपसमूह होते हैं। वे टाइप 1 और टाइप 2 हैं। टाइप 1 को किशोर-शुरुआत मधुमेह के रूप में भी जाना जाता है, जो आमतौर पर युवा व्यक्तियों में होता है। यह इंसुलिन और अक्सर अन्य अग्न्याशय हार्मोन की पूर्ण कमी से जुड़ा होता है। टाइप 1 वाले मरीजों में ग्लूकोज होमियोस्टैसिस के लिए अधिक गंभीर असामान्यता होती है। व्यायाम-संबंधी समस्याओं का प्रबंधन अधिक कठिन है। टाइप 1 मधुमेह में, पर्याप्त मात्रा में ग्लूकोज कोशिकाओं में प्रवेश करने में विफल रहता है, जिससे रक्त ग्लूकोज का असामान्य रूप से उच्च स्तर होता है जिसे गुर्दे द्वारा फ़िल्टर किया जाना चाहिए और मूत्र में खाली किया जाना चाहिए। वृक्क निस्पंद में अत्यधिक ग्लूकोज कणों के कारण आसमाटिक प्रभाव बढ़ जाता है, जिससे गुर्दे द्वारा पानी का पुनर्अवशोषण भी कम हो जाता है।

टाइप 2 को नॉनइंसुलिन-डिपेंडेंट डायबिटीज मेलिटस (एनआईडीडीएम) या मैच्योरिटी-ऑनसेट डायबिटीज के रूप में भी जाना जाता है, जो वृद्ध व्यक्तियों में होता है। विश्व में 80% से 90% मधुमेह इसी प्रकार से होता है।

टाइप 2 विशेष रूप से कंकाल की मांसपेशियों में इंसुलिन के कार्यों के लिए एक महत्वपूर्ण प्रतिरोध, असामान्य लेकिन अपेक्षाकृत अच्छी तरह से बनाए रखा इंसुलिन स्राव और सामान्य से ऊंचा प्लाज्मा इंसुलिन स्तर से जुड़ा हुआ है। हमारी आबादी में ऐसे कई लोग हैं, जो कुछ हद तक इंसुलिन प्रतिरोधी हैं, लेकिन उनमें टाइप 2 के स्पष्ट लक्षण विकसित नहीं हुए हैं। इंसुलिन प्रतिरोधी का मतलब है कि रक्त ग्लूकोज में वृद्धि के जवाब में शरीर तेजी से पाचन और अवशोषण के कारण इंसुलिन का अधिक उत्पादन करता है। कुछ आहारीय स्टार्च और साधारण शर्करा का। इससे शरीर में वसा के रूप में अधिक ग्लूकोज रूपांतरण और भंडारण हो सकता है। इंसुलिन प्रतिरोधी व्यक्ति के लिए,

टाइप 1 या टाइप 2 के बावजूद मधुमेह से पीड़ित व्यक्ति के शरीर से बड़ी मात्रा में तरल पदार्थ बाहर निकल जाता है। कोशिकाओं द्वारा ग्लूकोज ग्रहण में कमी के साथ, व्यक्ति ऊर्जा के लिए लिपिड चयापचय पर बहुत अधिक निर्भर करता है, जो किटोएसिड की अधिकता पैदा करता है और एसिडोसिस की ओर प्रवृत्ति पैदा करता है। चरम स्थितियों में, प्लाज्मा पीएच 7.0 तक गिर जाता है, जो

धमनीकाठिन्य, कम रक्त प्रवाह और तंत्रिका रोग जैसी चिकित्सीय स्थितियों से जुड़ा होता है, जिसके परिणाम स्वरूप अंततः मधुमेह कोमा हो जाता है।

टाइप 1 मधुमेह के लिए सावधानी के साथ व्यायाम कार्यक्रम

हाइपोग्लाइसीमिया से बचने के लिए टाइप 1 मधुमेह के लिए किसी भी प्रकार का व्यायाम बहुत सावधानी से किया जाना चाहिए। यदि व्यायाम कार्यक्रम शुरू करने से पहले रोगियों की उचित जांच की जाए और व्यायाम के दौरान सावधानीपूर्वक निगरानी की जाए तो जोखिमों को कम किया जा सकता है। कभी-कभी टाइप 1 में नियमित व्यायाम व्यायाम के साथ-साथ इंजेक्ट किए गए इंसुलिन के तेजी से परिसंचरण के कारण बढ़े हुए ग्लूकोज ग्रहण और अधिक बहिर्जात इंसुलिन आपूर्ति की संभावित खतरनाक दोहरी प्रतिक्रिया को ट्रिगर कर सकता है। इस तरह की गंभीर प्रतिक्रिया वास्तव में ग्लूकोज की आपूर्ति और उपयोग के बीच असंतुलन को और खराब कर देगी जिसके परिणामस्वरूप हाइपोग्लाइसीमिया की जटिलताएं हो सकती हैं।

टाइप 2 मधुमेह के लिए व्यायाम के लाभ

ग्लाइसेमिक नियंत्रण: दौड़ने और साइकिल चलाने जैसे तीव्र व्यायाम अगर अचानक किए जाएं तो प्लाज्मा ग्लूकोज के स्तर में अचानक कमी आ जाती है। उच्च-तीव्रता और कम-तीव्रता वाले व्यायाम के साथ ग्लूकोज विनियमन में यह सुधार कई दिनों तक बना रह सकता है और संभवतः मांसपेशियों की बढ़ी हुई इंसुलिन संवेदनशीलता के कारण होता है। नियमित व्यायाम के साथ, ऊतक कार्य में दीर्घकालिक परिवर्तन के बजाय प्रत्येक व्यायाम सत्र के तीव्र प्रभाव के कारण ग्लाइसेमिक नियंत्रण में दीर्घकालिक सुधार होता है। यह इस सिद्धांत के अनुरूप है कि व्यायाम इंसुलिन प्रतिरोध को उलट कर कार्य करता है।

हृदय रोग: टाइप 2 में मृत्यु दर कोरोनरी हृदय रोग, स्ट्रोक और त्वरित एथेरोस्क्लेरोसिस के परिणामस्वरूप होने वाले संवहनी रोग के कारण होती है। नियमित व्यायाम से रक्त जमावट मापदंडों, रक्तचाप में सुधार हो सकता है और हाइपरग्लेसेमिया के मामलों में कमी आ सकती है।

वजन में कमी: शरीर के वजन में कमी और साथ में शरीर में वसा और उसके वितरण में कमी से ग्लूकोज सहनशीलता और इंसुलिन संवेदनशीलता में वृद्धि होती

है। हालाँकि, व्यायाम के साथ शरीर के वजन में परिवर्तन हमेशा शरीर की संरचना में अनुकूल परिवर्तनों को प्रतिबिंबित नहीं करता है। इसलिए, अकेले उपचार की तुलना में आहार और व्यायाम का संयोजन मधुमेह रोगियों में शरीर की वसा को कम करने में अधिक प्रभावी है।

मनोवैज्ञानिक प्रोफ़ाइल: मधुमेह और गैर-मधुमेह दोनों प्रकार के व्यक्तियों में व्यायाम क्षमता में किसी भी वृद्धि के परिणामस्वरूप चिंता में कमी, मनोदशा और आत्म-सम्मान में सुधार, कल्याण की भावना में वृद्धि और जीवन की गुणवत्ता में वृद्धि होती है।

अनुपचारित मधुमेह जटिलताएँ

अनुपचारित मधुमेह अंततः गंभीर जटिलताओं को जन्म देगा। जटिलताओं में अक्सर समान जोखिम कारक होते हैं, और एक जटिलता अन्य जटिलताओं को बदतर बना सकती है। उदाहरण के लिए, उच्च रक्तचाप आंख और गुर्दे की बीमारी को खराब कर सकता है।

हृदय रोग: संयुक्त राज्य अमेरिका में पुरुषों और महिलाओं की मृत्यु का प्रमुख कारण हृदय रोग है। जिन लोगों को मधुमेह है उनमें बिना मधुमेह वाले लोगों की तुलना में कम उम्र में हृदय संबंधी समस्याएं या स्ट्रोक होने की संभावना दोगुनी होती है। हृदय रोग तब विकसित होता है जब प्लाक का निर्माण होता है (कोलेस्ट्रॉलजमा) रक्त वाहिकाओं में जो हृदय को ऑक्सीजन और रक्त की आपूर्ति करती है। प्लाक के निर्माण से रक्त वाहिकाएं अंदर से संकीर्ण हो जाती हैं और हृदय या मस्तिष्क में रक्त का प्रवाह कम हो जाता है, जिससे एदिल का दौराया एआघात. अधिकांश लोगों में हृदय रोग के लक्षण तब तक प्रकट नहीं होते जब तक उन्हें दिल का दौरा या स्ट्रोक न हो जाए। दिल का दौरा और स्ट्रोक दोनों ही अंग को नुकसान पहुंचाते हैं, इसलिए प्रभाव प्रतिवर्ती नहीं होते हैं और दैनिक कामकाज प्रभावित हो सकता है।

गुर्दे की बीमारी: गुर्दे में ग्लोमेरुली नामक छोटी रक्त वाहिकाओं के बड़े समूह होते हैं, जो गुर्दे के फ़िल्टरिंग कार्य को प्रेरित करते हैं। उच्च रक्त

शर्करा का स्तर इस फ़िल्टरिंग प्रणाली को नुकसान पहुंचा सकता है और इसका कारण बन सकता हैक्रोनिक किडनी रोग (सीकेडी), जो अंततः गुर्दे की विफलता का कारण बन सकता है। सीकेडी वाले लोगों को स्थिति के प्रारंभिक चरण में कोई लक्षण दिखाई नहीं दे सकता है। जब यह अधिक बढ़ जाता है, तो लक्षणों में थकान, कम भूख, परेशान नींद, रात में मांसपेशियों में ऐंठन, पैरों और टखनों में सूजन, त्वचा में खुजली और बार-बार पेशाब आना शामिल हो सकते हैं। क्रोनिक किडनी रोग प्रतिवर्ती नहीं है, लेकिन उपचार प्रगति को धीमा करने और जटिलताओं के जोखिम को कम करने में मदद कर सकता है।

दृष्टि हानिः नेत्र रोग टाइप 1 या टाइप 2 मधुमेह वाले लोगों को प्रभावित कर सकते हैं और दृष्टि हानि का कारण बन सकते हैं। नेत्र रोगों में डायबिटिक रेटिनोपैथी, मैक्यूलर एडिमा (जो आमतौर पर डायबिटिक रेटिनोपैथी के साथ विकसित होती है) शामिल हैं।मोतियाबिंद, औरआंख का रोग. लक्षण आंखों की स्थिति के आधार पर अलग-अलग होंगे,

लेकिन इसमें दृष्टि में परिवर्तन शामिल होंगे, जैसे धुंधलापन, बादल, सुरंग दृष्टि, अंधे धब्बे, खराब रात की दृष्टि, या अत्यधिक चमक। इन नेत्र स्थितियों के साथ होने वाले परिवर्तन प्रतिवर्ती नहीं होते हैं, लेकिन शीघ्र निदान और उपचार से दृष्टि की रक्षा करने में मदद मिल सकती है।

तंत्रिका क्षतिः मधुमेह से पीड़ित लगभग आधे लोगों को तंत्रिका क्षति का अनुभव होता है, जिसे तंत्रिका क्षति भी कहा जाता हैन्युरोपटी. रक्त शर्करा का बड़ा जमाव केशिका दीवारों को नुकसान पहुंचाता है जो आपकी नसों को पोषण देते हैं, खासकर आपके पैरों में। सामान्य लक्षणों में सुन्नता और दर्द शामिल है जो आपके पैर की उंगलियों से शुरू हो सकता है और पैरों और टाँगों तक पहुँच सकता है। आप प्रभावित क्षेत्र में संवेदना खो सकते हैं। तंत्रिका क्षति आपके पाचन, रक्त वाहिकाओं और हृदय को भी प्रभावित कर सकती है। न्यूरोपैथी प्रतिवर्ती नहीं है, और उपचार में आहार, व्यायाम और दवाओं के साथ रक्त शर्करा के स्तर को प्रबंधित करना शामिल है

जो रक्त शर्करा को नियंत्रित करने और दर्द को कम करने में मदद करते हैं।

संक्रमण: अनुपचारित मधुमेह वाले लोगों में संक्रमण होने की संभावना अधिक होती है क्योंकि उच्च रक्त शर्करा का स्तर प्रतिरक्षा प्रणाली को कमजोर कर सकता है जिससे बैक्टीरिया और फंगल संक्रमण से लड़ना कठिन हो जाता है। परिधीय तंत्रिका क्षति और चरम सीमा तक रक्त का प्रवाह कम होने से भी संक्रमण का खतरा बढ़ जाता है। संक्रमण के स्थान के आधार पर, यह प्रतिवर्ती हो सकता है, लेकिन यदि ऊतक क्षति होती है तो यह प्रतिवर्ती नहीं है। विशेष रूप से त्वचा संक्रमण के लिए, अपनी त्वचा, विशेष रूप से अपने पैरों को खरोंचने से बचें, और उन घावों से बचने में मदद करने के लिए मॉइस्चराइज़र लगाएं जो त्वचा संक्रमण का कारण बन सकते हैं।

पैरों की समस्याएँ: समय के साथ, उच्च रक्त शर्करा का स्तर पैरों की तंत्रिका क्षति का कारण बन सकता है, आपके पैरों का आकार बदल सकता है, या पैरों में खराब रक्त प्रवाह का कारण बन सकता है।

लक्षणों में सुन्नता, झुनझुनी, दर्द, या आपके पैरों में संवेदना की कमी शामिल हो सकती है। जब आपके पैर सुन्न हो जाते हैं या कोई एहसास नहीं होता है, तो आपको पता नहीं चलता कि आपके पैर में कब कट, छाला या अल्सर (खुला घाव) है। घाव संक्रमित हो सकता है और यदि पैरों में रक्त का प्रवाह ख़राब होने के कारण यह ठीक से ठीक नहीं होता है, तो इसका परिणाम हो सकता हैअवसाद(मांसपेशियां, त्वचा और ऊतक मरने लगते हैं)। यदि गैंग्रीन वाला क्षेत्र उपचार से ठीक नहीं होता है, तो आपको इसकी आवश्यकता हो सकती हैविच्छेदनखराब संक्रमण को शरीर के अन्य हिस्सों में फैलने से रोकने के लिए क्षतिग्रस्त पैर की अंगुली, पैर या पैर के हिस्से का।

संज्ञानात्मक समस्याएं: जिन लोगों को मधुमेह है, उन लोगों की तुलना में जिन्हें मधुमेह नहीं है, उनमें संज्ञानात्मक समस्याएं और मस्तिष्क में परिवर्तन विकसित होने की संभावना अधिक होती है, जिसमें मनोभ्रंश भी शामिल है।अल्जाइमर रोग, और संवहनी मनोभ्रंश। लक्षणों में हल्की संज्ञानात्मक हानि शामिल हो सकती है जैसे कि भूल जाना, अपने

विचारों की ट्रेन खोना, या बातचीत का पालन करने में कठिनाई होना या मनोभ्रंश या अल्जाइमर रोग के अधिक उन्नत लक्षण। संज्ञानात्मक परिवर्तन प्रतिवर्ती नहीं हैं और वर्तमान में, कोई प्रभावी दीर्घकालिक उपचार नहीं हैं।

मधुमेह को रोकने के लिए सर्वोत्तम खाद्य पदार्थ

1. गैर-स्टार्च वाली सब्जियाँ जैसे मिर्च, मशरूम, शतावरी, ब्रोकोली और पालक।

2. फल.

3. लीन प्रोटीन जैसे मछली, चिकन, टर्की, टोफू, अंडे और दही।

4. साबुत अनाज जैसे क्विनोआ, ब्राउन राइस और ओट्स।

5. पानी और बिना मीठा पेय पदार्थ।

ऐसे खाद्य पदार्थ जिनमें शून्य या कम चीनी होती है

1. पशु प्रोटीन (पोल्ट्री, पोर्क, मछली)।

2. अपरिष्कृत तेल (नारियल, जैतून, एवोकैडो)।

3. पनीर.

4. हरी फलियाँ।

5. नींबू.

6. सरसों.

7. अजवाइन.

8. मशरूम.

9. चाय.

10. तरबूज.

ग्लूकोज के स्तर को कम करने के लिए सर्वोत्तम बीज

सूरजमुखी और सन बीज जैसे बीज ग्लूकोज के स्तर को कम करने में भूमिका निभाते हैं और टाइप 2 मधुमेह के इलाज के लिए इसका उपयोग किया जा सकता है। इन बीजों में बायोएक्टिव घटक जैसे सूरजमुखी के बीजों में क्लोरोजेनिक एसिड और सेकोइसोलारिसिनॉल डिग्लुकोसॉइड इंसुलिन प्रतिरोध या इंसुलिन उत्पादन के

उपचार में शामिल हैं। विभिन्न अध्ययनों में, चूहों और मनुष्यों द्वारा इन बीजों के अर्क की अलग-अलग मात्रा का सेवन किया गया और इसके परिणामस्वरूप बेहतर ग्लाइसेमिक नियंत्रण हुआ, जिससे यह जानकारी मिलती है कि इन बीजों में मधुमेह विरोधी गुण हैं।

रक्त डोपिंग

अंतर्राष्ट्रीय ओलंपिक समिति (आईओसी) ने 1984 के ओलंपिक के बाद रक्त बढ़ाने पर प्रतिबंध लगा दिया और रक्त डोपिंग के लिए अप्रत्यक्ष मार्कर विकसित किए गए, जिसमें कुल हीमोग्लोबिन द्रव्यमान माप और मूत्र में मेटाबोलाइट्स के उत्सर्जन के परीक्षण शामिल थे। इसके तुरंत बाद एथलीट बायोलॉजिकल पासपोर्ट पेश किया गया और इसमें डोपिंग के संदिग्ध पैटर्न की पहचान करने और ऐसे असामान्य पैटर्न के मूल्यांकन के लिए जैविकउपायोंकीअनुदैर्ध्यनिगरानीशामिलहै।

1972 और 1976 के ओलंपिक में फिनलैंड के धावक लेसे विरेन ने 5000 मीटर और 10000 मीटर दोनों में लगातार स्वर्ण पदक जीते। कई लोगों ने उनके स्वयं के रक्त का उपयोग करके प्रभावी रक्त डोपिंग में उनके प्रदर्शन में योगदान दिया। हालाँकि, वीरेन ने जोर देकर कहा कि उन्होंने अपने करियर में कभी भी ब्लड डोपिंग नहीं की है।

रक्त डोपिंग से प्रदर्शन में वृद्धि हो सकती है, जो ऑक्सीजन वितरण से संबंधित है। यदि खेल या कार्यक्रम में अधिकतम ऑक्सीजन ग्रहण के करीब व्यायाम की आवश्यकता होती है, जहां ऑक्सीजन वितरण और उपयोग की दर संभावित रूप से सीमित कारक हो सकती है, तो किसी की ऑक्सीजन वहन क्षमता को कृत्रिम रूप से बढ़ाने से प्रदर्शन में सुधार हो सकता है।

दौड़ के समय और प्रदर्शन को बेहतर बनाने में रक्त डोपिंग को बहुत प्रभावी दिखाया गया है। रक्त डोपिंग परिसंचरण में लाल रक्त कोशिकाओं की संख्या में वृद्धि करके पूरा किया जाता है। इससे कुल रक्त मात्रा में भी वृद्धि होगी।

चूंकि रक्त में परिवहन की जाने वाली 98.5% ऑक्सीजन हीमोग्लोबिन होती है, जो लाल रक्त कोशिकाओं के भीतर स्थित होती है; इनकी संख्या बढ़ने से रक्त की ऑक्सीजन वहन करने की क्षमता काफी बढ़ जाएगी। अच्छी तरह से प्रशिक्षित सहनशक्ति वाले एथलीटों में, जिनके पास माइटोकॉन्ड्रिया और कंकाल की मांसपेशियों की

प्रचुरता होती है और इस प्रकार वितरित अतिरिक्त ऑक्सीजन का उपयोग करने की क्षमता होती है, इससे अधिकतम ऑक्सीजन की खपत में उल्लेखनीय वृद्धि हो सकती है औरप्रदर्शनमेंसुधारहोसकताहै।

चार सामान्य तरीके जिनसे एथलीट अपने लाल रक्त कोशिका द्रव्यमान को बढ़ाने का प्रयास करते हैं, यहां सूचीबद्ध हैं।

1. लाल रक्त कोशिका का पुनर्मिलन

ऑटोलॉगस ट्रांसफ़्यूज़न में एथलीट के स्वयं के रक्त का आधान शामिल होता है, जिसे निकाला जाता है और फिर भविष्य में उपयोग के लिए संग्रहीत किया जाता है। दूसरी ओर समजात आधान में एथलीट उसी रक्त समूह वाले किसी अन्य व्यक्ति के रक्त का उपयोग करते हैं।

ऑटोलॉगस ट्रांसफ़्यूज़न में एथलीट के स्वयं के रक्त की दो से चार यूनिट या 900 से 1800 मिलीलीटर की निकासी शामिल होती है। रक्त को प्रवाहित करने के बाद, रक्त की मात्रा को बनाए रखने में मदद करने के लिए प्लाज्मा को तुरंत एथलीट में पुन: प्रवाहित किया जाता है, जबकि अब

पैक की गई लाल रक्त कोशिकाओं को संरक्षित किया जाता है और बाद में पुन: उपयोग के लिए जमे हुए किया जाता है। अगले चार से छह सप्ताह में, एथलीट स्वाभाविक रूप से खोई हुई लाल रक्त कोशिकाओं की भरपाई कर लेगा और निकासी से पहले के स्तर पर वापस आ जाएगा। प्रतियोगिता से एक या दो दिन पहले, पैक की गई लाल रक्त कोशिकाओं को फिर से संक्रमित किया जाता है और एथलीट की लाल रक्त कोशिकाओं की सांद्रता तुरंत बढ़ जाती है, जो कि डाली गई मात्रा पर निर्भर करती है। इसलिए, ऑक्सीजन ले जाने की क्षमता या एथलीट के रक्त में काफी वृद्धि हुई है।

पुनर्संयोजन से अकेले रक्त की मात्रा में वृद्धि से अधिकतम कार्डियक आउटपुट बढ़ सकता है और इस प्रकार अधिकतम ऑक्सीजन ग्रहण हो सकता है। रक्त की बड़ी मात्रा के परिणामस्वरूप हृदय में अधिक शिरापरक वापसी होती है और बाद में एक बड़ी अधिकतम स्ट्रोक मात्रा होती है, जिससे कार्डियक आउटपुट बढ़ जाता है।

2. उच्च ऊंचाई में प्रशिक्षण

कुछ एथलीट उच्च ऊंचाई वाले प्रशिक्षण की ओर रुख करते हैं, जिसके परिणामस्वरूप लाल रक्त कोशिकाओं की संख्या में वृद्धि होती है। यह रक्त डोपिंग का सबसे वैध रूप है और यही कारण था कि मेक्सिको सिटी (7350 फीट) में 1968 के ओलंपिक खेलों में इतने सारे ओलंपिक रिकॉर्ड गिरे। फील्ड स्पर्धाओं के साथ-साथ 400 मीटर या उससे छोटी सभी पुरुषों की ट्रैक स्पर्धाओं में विश्व रिकॉर्ड बनाए गए। उनमें से सबसे प्रसिद्ध रिकॉर्ड लंबी कूद में आया, जिसे अमेरिकी बॉब बीमन ने अपने 29.5 फीट के प्रयास से जीता था।

जब कोई एथलीट लंबे समय तक उच्च ऊंचाई पर रहता है और प्रशिक्षण लेता है, तो शरीर कई तरह से अनुकूलन करता है; सबसे महत्वपूर्ण बात यह है कि लाल रक्त कोशिकाओं का उत्पादन बढ़ा। यह रक्त को ऑक्सीजन को अधिक प्रभावी ढंग से ले जाने की अनुमति देता है और इससे प्रदर्शन में सुधार हो सकता है। 1968 के अंत तक, कई विशिष्ट एथलीटों ने ऊंचाई पर स्थित शहरों या क्षेत्रों में रहने और प्रशिक्षण लेने के लिए जाना शुरू कर दिया था।

3. ईपीओ का प्रशासन

लाल रक्त कोशिका पुनर्संयोजन की बोझिल क्लासिक रक्त डोपिंग तकनीक से बचने के लिए, जो शरीर से रक्त निकालने के बाद शुरुआती हफ्तों के दौरान प्रशिक्षित करने की आपकी क्षमता को भी प्रभावित कर सकती है; एथलीटों ने एरिथ्रोपोइटिन या ईपीओ के इंजेक्शन लिए हैं। ईपीओ गुर्दे द्वारा उत्पादित एक हार्मोन है जो अस्थि मज्जा में लाल रक्त कोशिका उत्पादन को उत्तेजित करता है। अधिकांश अध्ययनों से पता चलता है कि ईपीओ इंजेक्शन विशिष्ट एथलीटों में लाल रक्त कोशिका संख्या, अधिकतम ऑक्सीजन ग्रहण और प्रदर्शन समय बढ़ाने में प्रभावी हैं।

हालाँकि, लाल रक्त कोशिका पुनर्संयोजन तकनीक के विपरीत, जो अपेक्षाकृत सुरक्षित है, जब किसी के स्वयं के रक्त को पुन: प्रवाहित किया जाता है, तो ईपीओ इंजेक्शन महत्वपूर्ण जोखिमों से रहित नहीं होते हैं। हर कोई ईपीओ प्रशासन के प्रति एक जैसी प्रतिक्रिया नहीं करता है और इस प्रकार रक्त को बहुत गाढ़ा या चिपचिपा होने से बचाने के लिए सावधानी बरतनी चाहिए। इससे

रक्त के थक्के और फुफ्फुसीय अन्तः शल्यता का खतरा बहुत बढ़ जाएगारक्त प्रवाह के माध्यम से शरीर में कहीं और से आए किसी पदार्थ के कारण फेफड़ों की धमनी में रुकावट होती है। लक्षणों में सांस लेने में तकलीफ, खासकर सांस लेते समय सीने में दर्द और खांसी के साथ खून आना शामिल हो सकते हैं।

4. सिंथेटिक ऑक्सीजन वाहकों का प्रशासन

सिंथेटिक ऑक्सीजन वाहक ऐसे रसायन होते हैं जिनमें एचबीओसी (हीमोग्लोबिन-आधारित ऑक्सीजन वाहक) और पीएफसी (पेरफ्लूरोकार्बन) जैसे ऑक्सीजन ले जाने की क्षमता होती है।

सिंथेटिक ऑक्सीजन वाहकों का आपातकालीन चिकित्सा के रूप में वैध चिकित्सा उपयोग होता है। इसका उपयोग तब किया जाता है जब किसी मरीज को रक्त आधान की आवश्यकता होती है लेकिन जब मानव रक्त उपलब्ध नहीं होता है या रक्त संक्रमण का उच्च जोखिम होता है या रक्त प्रकार का उचित मिलान खोजने के लिए पर्याप्त समय नहीं होता है।

एथलीट अन्य प्रकार के रक्त डोपिंग के समान प्रदर्शन-बढ़ाने वाले प्रभावों को प्राप्त करने के लिए सिंथेटिक ऑक्सीजन वाहक का उपयोग करते हैं, जो रक्त में ऑक्सीजन बढ़ाता है जो मांसपेशियों को ईंधन देने में मदद करता है।

रक्त डोपिंग का पता लगाना

लाल रक्त कोशिका पुनर्संयोजन का पता लगाने के लिए एक अप्रत्यक्ष विधि में परीक्षण के समय एक एथलीट के रक्त प्रोफ़ाइल की तुलना पिछले समय एकत्र किए गए रक्त नमूनों से करना शामिल है। दोनों के बीच महत्वपूर्ण अंतर संभावित रक्त डोपिंग का संकेत देते हैं। एथलीट पासपोर्ट के रूप में जाना जाने वाला यह तरीका विश्व डोपिंग रोधी एजेंसी (वाडा) द्वारा समर्थित है। ऐसे परीक्षणों का उपयोग 2004 के एथेंस, ग्रीस में ग्रीष्मकालीन ओलंपिक खेलों में किया गया था।

रक्त और मूत्र परीक्षण सिंथेटिक ईपीओ की उपस्थिति का पता लगा सकते हैं। लेकिन ईपीओ शरीर में बहुत कम समय के लिए रहता है, जबकि

इसका प्रभाव काफी लंबे समय तक रहता है। इसका मतलब यह है कि परीक्षण के लिए विंडो काफी संक्षिप्त हो सकती है। ईपीओ के नए रूपों का पता लगाने के उद्देश्य से अतिरिक्त परीक्षण विधियों पर वर्तमान में शोध किया जा रहा है।

सिंथेटिक ऑक्सीजन वाहकों के संबंध में, एक परीक्षण उपलब्ध है जो सिंथेटिक ऑक्सीजन वाहकों की उपस्थिति का पता लगा सकता है। इसका प्रयोग पहली बार 2004 में किया गया था।

रक्त डोपिंग के जोखिम

लाल रक्त कोशिकाओं की संख्या में वृद्धि करके, रक्त डोपिंग के कारण रक्त गाढ़ा हो जाता है। यह गाढ़ापन बल देता हैदिलपूरे शरीर में रक्त पंप करने के लिए सामान्य से अधिक मेहनत करना। परिणाम स्वरूप, रक्त डोपिंग से रक्त का थक्का, दिल का दौरा और स्ट्रोक का खतरा बढ़ जाता है।

आधान के माध्यम से रक्त डोपिंग में अतिरिक्त जोखिम होते हैं। दूषित रक्त एचआईवी, हेपेटाइटिस बी और हेपेटाइटिस सी जैसी संक्रामक बीमारियाँ फैला सकता है। समय के साथ, बार-बार रक्त चढ़ाने

से शरीर में आयरन का खतरनाक निर्माण हो सकता है। अनुचित तरीके से संग्रहित रक्त और अनुचित तरीके से चढ़ाया गया रक्त इसका कारण बन सकता है तीव्र फेफड़े की चोट और जीवाणु संक्रमण.

रक्त आधान से एलर्जी प्रतिक्रिया, बुखार और चकत्ते के संभावित दुष्प्रभाव भी हो सकते हैं।

ईपीओ इंजेक्शन के जोखिमों में शामिल हैं हाइपरकलेमिया(प्लाज्मा का संभावित रूप से खतरनाक उन्नयन पोटैशियम शरीर में स्तर),उच्च रक्तचाप और हल्के फ्लू जैसे लक्षण।

इसके अलावा, जो एथलीट सिंथेटिक ऑक्सीजन कैरियर का उपयोग करते हैं उनमें इसका खतरा बढ़ जाता है दिल की बीमारी,आघात और खून का थक्का जमना.

वाडा की भागीदारी (विश्व डोपिंग रोधी एजेंसी)

लॉज़ेन घोषणा की शर्तों के अनुसार, अंतरराष्ट्रीय स्तर पर खेल में डोपिंग के खिलाफ लड़ाई को बढ़ावा देने और समन्वय करने के लिए 10 नवंबर,

1999 को लॉज़ेन में विश्व डोपिंग रोधी एजेंसी (वाडा) की स्थापना की गई थी। खेल में डोपिंग से लड़ने वाले अंतर सरकारी संगठनों, सरकारों, सार्वजनिक प्राधिकरणों और अन्य सार्वजनिक और निजी निकायों के समर्थन और भागीदारी के साथ अंतर्राष्ट्रीय ओलंपिक समिति की पहल के तहत WADA की स्थापना एक फाउंडेशन के रूप में की गई थी।

WADA दुनिया के विभिन्न हिस्सों में एक स्वच्छ खेल संस्कृति विकसित कर रहा है, जो पहले डोपिंग रोधी कार्यक्रमों से अछूता था। विश्व मंच पर एथलीटों, उनके साथियों और खेल से जुड़े सभी लोगों के साथ जुड़ना, वाडा का एथलीट आउटरीच कार्यक्रमइसका उद्देश्य जागरूकता बढ़ाना है, साथ ही यह सुनिश्चित करना है कि एथलीट शामिल हों और समाधान का हिस्सा हों। वे सरकार, कानून प्रवर्तन और के साथ मिलकर काम कर रहे हैंडोपिंग रोधी संगठन साक्ष्य एकत्र करने और सूचना साझा करने की सुविधा के लिए।

संजय बनर्जी

भारतीय खेल प्राधिकरण के विद्यार्थियों के प्रश्नों के उत्तर

पहला सवाल

जब भी मैं दौड़ता हूँ तो मेरे पैरों पर दाने निकल आते हैं। मैं क्या करूं ?

पैरों पर दाने मूल रूप से पसीने से उत्पन्न क्षारीय वातावरण के कारण होते हैं जो एलर्जी प्रतिक्रियाओं को बढ़ावा देने वाले कीटाणुओं को पनपने देते हैं। यह पैर और मोज़े तथा जूते के बीच घर्षण के कारण बढ़ सकता है।

पैरों पर दाने एथलीट फुट के कारण हो सकते हैं, जो एक फंगस के कारण होता है और इसके लक्षणों में पैर की उंगलियों के बीच खुजली और पपड़ी बनना शामिल है। दौड़ने से पहले पैरों पर एंटीफंगल क्रीम लगाई जा सकती है।

कुछ धावकों के पैर की उंगलियों के बीच मटमैली, सफेद धब्बेदार (मुलायम) त्वचा विकसित हो जाती है, जो नम पैर की जालियों (पैर की उंगलियों के बीच की त्वचा) में

रहने वाले बैक्टीरिया और यीस्ट के मिश्रण के कारण होता है। ऐसे में एक भाग सिरके और दस भाग पानी का घोल साफ और सूखी त्वचा पर पांच मिनट के लिए लगाना चाहिए।

जिन धावकों को बहुत अधिक पसीना आता है, उनके तलवों की त्वचा पर तेज धार लेकिन उथले गड्ढे हो सकते हैं। इसे पिटिंग केराटोलिसिस कहा जाता है और यह आमतौर पर विशेष रूप से दुर्गंधयुक्त पैरों से जुड़ा होता है। गड्ढों और गंध दोनों का कारण बैक्टीरिया हैं जो त्वचा की सतह पर मृत कोशिका परत को खाना पसंद करते हैं। उपचार में प्रभावित पैर को गुनगुने पानी के बेसिन में डुबोकर पसीना कम करने के उपाय शामिल हैं, जिसमें एक कप गर्म पानी में दो टी बैग मिलाए जाते हैं।

घर्षण बल के कारण पैरों पर दाने हो सकते हैं, जो जूते की भीतरी दीवार द्वारा त्वचा पर लगने वाले कतरनी बल के कारण होता है। पैरों पर पेट्रोलियम जेली लगाने और अच्छी तरह से फिट चलने वाले जूते पहनने से, जो गीले और दौड़ने वाले न हों, पैर पर चकत्ते को रोका जा सकता है।पॉलिएस्टर,

ऐक्रेलिक और नायलॉन जैसे सिंथेटिक फाइबर से बने मोज़े, जो आपके पैरों से नमी को दूर करने और जल्दी सूखने के लिए डिज़ाइन किए गए हैं।

दूसरा सवाल

चोट से बचने के लिए सुरक्षित रूप से कैसे दौड़ें, भले ही मुझे 5 किमी, 10 किमी या इससे अधिक दौड़ने का कोई अनुभव न हो?

भले ही आप नियमित धावक नहीं हैं, फिर भी हमें निवारक उपायों के बारे में जागरूक होने की आवश्यकता है ताकि हम शारीरिक रूप से स्वस्थ शरीर प्राप्त करने के अपने लक्ष्यों को प्राप्त कर सकें। हम कुछ सरल नियमों का पालन करके चोटों को रोक सकते हैं:

नियम 1

जब हम किसी रनिंग प्रोग्राम को फॉलो करते हैं तो हमें अपना माइलेज धीरे-धीरे बढ़ाने की जरूरत होती है। सामान्य नियम यह है कि हर सप्ताह 10% से अधिक की वृद्धि नहीं होनी चाहिए। यदि आपने

इस सप्ताह कुल 20 किलोमीटर दौड़ लगाई है तो अगले सप्ताह 22 किलोमीटर से अधिक न दौड़ें। इससे आपके पैरों में अत्यधिक थकान नहीं होगी, जो अन्यथा चोट का कारण बन सकती है।

नियम 2

प्रत्येक दौड़ को दिन की दौड़ के रूप में न मानें। यदि आप एक प्रशिक्षण कार्यक्रम का पालन कर रहे हैं, तो मूल रूप से ऐसे दिन होंगे जब आप तेज़ दौड़ेंगे और ऐसे दिन होंगे जब आप धीरे-धीरे दौड़ेंगे, इसलिए यदि आप अपने सभी दौड़ने वाले दिनों में तेज़ दौड़ते हैं, तो आप हमेशा घायल होंगे। दौड़ने से आपकी मांसपेशियां मजबूत होनी चाहिए, थकान और दर्द नहीं होना चाहिए।

नियम 3

अपनी दौड़ में स्ट्रेचिंग और मजबूती देने वाले व्यायाम शामिल करें। प्रत्येक दौड़ के बाद स्ट्रेचिंग व्यायाम करें। निचले और ऊपरी शरीर के लिए भी मजबूती देने वाले व्यायाम करने चाहिए। हममें से अधिकांश लोगों को लगता है कि दौड़ने में केवल शरीर का निचला भाग जैसे पैर, टखने, घुटने और

कूल्हे शामिल होते हैं। हालाँकि, हाथ, पेट और पीठ भी महत्वपूर्ण भूमिका निभाते हैं। यदि आपकी भुजाएं कमजोर हैं, तो यह आपकी गति को प्रभावित कर सकता है, क्योंकि दौड़ने के दौरान आपके हाथ और पैर एक साथ चलते हैं। अगर आपका पेट कमजोर है तो आपकी पीठ पर अधिक तनाव पड़ेगा और इसका असर आपकी पीठ पर पड़ेगा।

नियम 4

अपने प्रशिक्षण में आराम के दिन लें। जब आप दौड़ना शुरू करें तो सप्ताह में चार दिन से ज्यादा दौड़ने को न दें। हर बार जब आप दौड़ते हैं, तो मांसपेशियों में छोटे-छोटे सूक्ष्म आंसू दिखाई देते हैं, जो सोते समय पुनर्जीवित और मजबूत हो जाते हैं। इसलिए, आराम और नींद धावकों के लिए पवित्र हैं। आराम के दिन का मतलब यह नहीं है कि आप व्यायाम न करें। इसका मतलब है कि आप उस दिन दौड़ें नहीं, बल्कि उस दिन कैलिस्थेनिक्स और शरीर को मजबूत बनाने वाले व्यायाम कर सकते हैं। आप आराम के दिनों में बिना ज्यादा मेहनत किए कुछ वैकल्पिक खेल जैसे साइकिल चलाना या

तैराकी भी कर सकते हैं। सप्ताह में एक दिन किसी भी प्रकार के व्यायाम के बिना पूर्ण आराम के लिए समर्पित होना चाहिए। इस दिन को किसी भी सामाजिक अवसर के लिए आरक्षित रखें जिसमें आपको भाग लेना है।

नियम 5

जूते की सही जोड़ी खरीदें. आपको अपने पैरों के लिए सबसे उपयुक्त जोड़ी खरीदनी होगी। इससे मेरा तात्पर्य कीमत या ब्रांड से नहीं है, बल्कि आपके पैरों के प्रकार के अनुरूप जूते खरीदने से है। क्या आप सुपरिनेटर (दौड़ने के दौरान पैर बाहर की ओर गिरने वाले) या प्रोनेटर (दौड़ने के दौरान पैर अंदर की ओर गिरने वाले) हैं? आपको गति नियंत्रण या स्थिरता या अच्छी तरह से गद्देदार जूते के बीच चयन करना होगा। कई बार रनिंग जूते की गलत जोड़ी पहनने से घुटनों, टखनों, पिंडलियों या कूल्हों में दर्द हो सकता है। कई बार, एक सामान्य व्यक्ति जो दौड़ता नहीं है, वह भी अनियमित चाल के कारण घुटनों में दर्द से पीड़ित हो सकता है, जिसे कस्टम-मेड ऑर्थोटिक्स (आपके चलने के अनुरूप जूते में किसी

विशेषज्ञ द्वारा लगाई गई पैडिंग) पहनकर आसानी से ठीक किया जा सकता है। महंगी सर्जरी का सहारा लेने के बजाय जूतों के अंदर चाल (चाल) बनाना।

नियम 6

जब आप प्रशिक्षण लें तो ठीक से खाएं और खुद को हाइड्रेट रखें, क्योंकि उचित पोषण के बिना, आपको चोट लगने की आशंका हो सकती है। उदाहरण के लिए, हर दिन केले जैसा एक फल खाने से ऐंठन से बचाव होगा, क्योंकि यह फल पोटेशियम से भरपूर होता है। आवर्त सारणी में यह तत्व ऐंठन को रोकता है। इसी तरह जब आप अधिक माइलेज चलाते हैं तो अधिक प्रोटीन वाले आहार के साथ संतुलित भोजन करें। प्रोटीन का सेवन मांसपेशियों की क्षति को रोकता है। उचित पानी का सेवन न केवल दौड़ने के लिए बल्कि अच्छे स्वास्थ्य को बनाए रखने के लिए भी आवश्यक है।

नियम 7

कठोर सतह पर लगातार दौड़ने से चोट लग सकती है। दौड़ने में कोई आदर्श सतह नहीं होती। यदि आप सड़क दौड़ में भाग लेते हैं, तो आपको तारकोल या सीमेंट वाली सतह मिलेगी। यदि आप अल्ट्रा-मैराथन दौड़ते हैं, तो आपको स्थान के आधार पर बड़ी संख्या में सतहें मिलेंगी, जैसे रेगिस्तान और समुद्र तटों में रेतीली, वन क्षेत्रों में गंदगी वाले रास्ते और कस्बों और शहरों में तारकोल और सीमेंट से बने रास्ते। ऊपर बताए अनुसार विभिन्न सतहों पर दौड़ना सबसे अच्छा है।

तीसरा प्रश्न

सड़क पर दौड़ने आदि के लिए पैरों का व्यायाम, पैरों को मजबूत और स्वस्थ रखें:

- व्यायाम करने से पहले पूरी तरह वार्म-अप रूटीन पूरा करें।

- दिन-प्रतिदिन की गतिविधियों और खेलों के लिए सहायक जूते पहनें।

- जूते घिस जाने पर उन्हें बदल लें।

- पैरों और टखनों को स्वस्थ बनाने के लिए धीरे-धीरे ताकत और लचीलापन बनाएं।

- असमान सतहों से बचें, खासकर दौड़ते समय। कोशिश करें कि बार-बार ऊपर की ओर न दौड़ें।

- शरीर की बात सुनें और अत्यधिक गतिविधियाँ न करें।

- आराम करके और उचित उपचार प्राप्त करके चोट की पुनरावृत्ति को रोकें।

पैरों और टखनों को स्वस्थ रखना हमेशा एक अच्छा विचार है। नीचे दिए गए निम्नलिखित व्यायाम चोट की संभावना को कम करने में मदद कर सकते हैं और पैरों में लचीलेपन और गतिशीलता में सुधार के लिए विकसित किए गए हैं।

1. **पैर का अंगूठा ऊपर उठाना, इंगित करना और मोड़ना**

पैर के अंगूठे को ऊपर उठाना, इंगित करना और मोड़ना तीन चरणों में होता है। इस व्यायाम के तीन

चरण हैं और यह पैरों और पंजों के सभी हिस्सों को मजबूत बनाने में मदद करेगा।

इस व्यायाम को करने के लिए:

- एक कुर्सी पर पैरों को फर्श पर सपाट रखते हुए सीधे बैठें।

- पंजों को फर्श पर रखते हुए एड़ियों को ऊपर उठाएं। जब केवल पैरों के तलवे ही ज़मीन पर रहें तो रुकें।

- एड़ियों को नीचे करने से पहले 5 सेकंड तक इस स्थिति में रहें।

- दूसरे चरण के लिए, एड़ी उठाएं और पैर की उंगलियों को इस तरह रखें कि केवल बड़े और दूसरे पैर की उंगलियां फर्श को छू रही हों।

- नीचे करने से पहले 5 सेकंड तक रुकें।

- तीसरे चरण के लिए, एड़ी को ऊपर उठाएं और पंजों को अंदर की ओर मोड़ें, ताकि केवल पंजों के सिरे ही फर्श को छू रहे हों। इस स्थिति में 5 सेकंड तक रुकें।

- प्रत्येक चरण को 10 बार दोहराकर लचीलापन और गतिशीलता बनाएं।

2. पैर का अंगूठा फैलना

पैर की उंगलियों का फैलाव पैर की उंगलियों की मांसपेशियों पर नियंत्रण रखने में मदद करता है।

पैर की उंगलियों की मांसपेशियों पर नियंत्रण में सुधार के लिए पैर की अंगुली का फैलाव विकसित किया गया था। आराम के आधार पर इसे दोनों पैरों पर एक साथ या वैकल्पिक पैरों पर किया जा सकता है।

इस व्यायाम को करने के लिए:

- पैरों को धीरे से फर्श पर टिकाकर सीधी पीठ वाली कुर्सी पर बैठें।

- पैरों की अंगुलियों को बिना तनाव के जितना हो सके फैलाएं। 5 सेकंड के लिए इसी स्थिति में रहें।

- इस गति को 10 बार दोहराएँ।

- एक बार जब कुछ ताकत बन जाए, तो पैर की उंगलियों के चारों ओर रबर बैंड लपेटने का प्रयास करें। यह प्रतिरोध प्रदान करेगा और व्यायाम को और अधिक चुनौतीपूर्ण बना देगा।

3. मार्बल पिकअप

मार्बल पिकअप को पैरों और पंजों के नीचे की मांसपेशियों में ताकत बढ़ाने के लिए डिज़ाइन किया गया था।

इस व्यायाम को करने के लिए:

- पैरों के सामने फर्श पर एक खाली कटोरा और कंचों का एक कटोरा (शुरुआत के लिए 20 से अच्छा है) लें।

- केवल एक पैर की उंगलियों का उपयोग करके, प्रत्येक कंचे को उठाएं और खाली कटोरे में रखें।

- दूसरे पैर का उपयोग करके दोहराएं। एक कुर्सी पर सीधे बैठें, पैर फर्श पर सपाट हों।

4. रेत पर चलना

रेत पर नंगे पैर चलना पैरों और पिंडलियों को फैलाने और मजबूत करने का एक शानदार तरीका है। सामान्य तौर पर यह एक अच्छा व्यायाम है क्योंकि रेत की नरम बनावट चलने को शारीरिक रूप से अधिक कठिन बना देती है।

इस व्यायाम को करने के लिए:

- किसी समुद्र तट, रेतीली सतह या यहां तक कि वॉलीबॉल कोर्ट पर जाएं।

- जूते और मोज़े उतार दें.

- एक बार में 15 मिनट तक चलना शुरू करें। पैरों और पिंडलियों की मांसपेशियों पर अत्यधिक दबाव पड़ने से बचने के लिए समय के साथ इन दूरियों को धीरे-धीरे बढ़ाएं।

फॉर्म का शीर्ष

फॉर्म के नीचे

5. **अकिलिस खिंचाव(**Achilles tendon)

अकिलिस टेंडन एड़ी को पिंडली की मांसपेशियों से जोड़ने वाली एक रस्सी है। यह आसानी से तनावग्रस्त हो सकता है और इसे मजबूत रखने से पैर, टखने या पैर के दर्द में मदद मिल सकती है।

इस व्यायाम को करने के लिए:

- दीवार की ओर मुंह करें और बाजुओं को ऊपर उठाएं, ताकि हथेलियां दीवार पर सपाट रहें।

- घुटने को सीधा रखते हुए एक पैर पीछे रखें। फिर उल्टे पैर के घुटने को मोड़ें।

- दोनों एड़ियों को फर्श पर सपाट रखें।

- कूल्हों को आगे की ओर धकेलें, जब तक कि एच्लीस टेंडन और पिंडली की मांसपेशियों में खिंचाव महसूस न हो।

- किनारे बदलने से पहले 30 सेकंड तक रुकें। प्रत्येक तरफ तीन बार दोहराएं।

- थोड़े अलग खिंचाव के लिए, पिछले घुटने को मोड़ें और कूल्हों को आगे की ओर धकेलें।

चौथा प्रश्न

भारी भरकम शरीर वाले लोगों के लिए चोट रहित दौड़ने की कोई युक्तियाँ ?

चाहे आप वजन कम करने के इच्छुक नौसिखिया हों या एक अनुभवी धावक, एक बड़े धावक के रूप में कुछ चुनौतियों से पार पाना होगा। जबकि धावक अंदर आते हैं सभी आकार और साइज़, एक उच्च बॉडी मास इंडेक्स (बीएमआई) का मतलब है कि जब आप दौड़ने की दिनचर्या शुरू करते हैं और अपनी फिटनेस में सुधार जारी रखते हैं, तो आपको चोटों से बचने के लिए अतिरिक्त सावधानी बरतने की आवश्यकता होगी।

भारी धावकों के लिए लगातार बने रहने और चोट खाए बिना फुटपाथ पर दौड़ते रहने के लिए इन पांच युक्तियों का उपयोग करें:

1. **रन/वॉक प्रोग्राम आज़माएं**

यदि आप घायल हुए बिना फिट रहने के बारे में चिंतित हैं, तो दौड़ना/चलना कार्यक्रम कैलोरी जलाने और धीरे-धीरे माइलेज बढ़ाने का एक शानदार तरीका हो सकता है। 10-15 मिनट तक तेज गति से

चलें। वैकल्पिक रूप से 30 सेकंड के लिए दौड़ना और 15 मिनट के लिए 30 सेकंड तक चलना। 5 मिनट की पैदल दूरी पर आराम करें।

जैसे-जैसे आपकी फिटनेस में सुधार होता है, आप वर्कआउट के दौड़ने वाले हिस्से की अवधि बढ़ा सकते हैं, 1 से 2 मिनट तक दौड़ सकते हैं, जबकि अपने वॉक ब्रेक को लगभग 30 सेकंड तक रख सकते हैं। इस प्रोग्राम के रन भाग को एक बार में एक मिनट तक बढ़ाते रहें जब तक कि आप बिना ब्रेक के लगभग 20 मिनट तक दौड़ न सकें।

2. क्रॉस-ट्रेन

चोट-मुक्त रहने का एक बड़ा हिस्सा आपकी दौड़ने की दूरी को धीरे-धीरे बढ़ाना है। हालाँकि यह उन बड़े धावकों के लिए प्रतिकूल लग सकता है जिनका लक्ष्य वजन कम करना है, यदि आप अपना माइलेज प्रति सप्ताह 10% से अधिक बढ़ाते हैं तो चोट लगने का खतरा बढ़ जाता है।

इसलिए अपनी दौड़ को अन्य गतिविधियों के साथ मिलाना महत्वपूर्ण है साइकिल चलाना, तैरना और का उपयोग कर रहा हूँ सीढ़ी-पर्वतारोही या घुमाने

वाला यंत्र जिम में। ये सभी गतिविधियाँ कम प्रभाव वाली हैं और आपके जोड़ों पर उतना तनाव नहीं डालेंगी जितना दौड़ने पर पड़ता है। वे आपकी हृदय संबंधी फिटनेस में भी सुधार करेंगे और जब तक आप अपना माइलेज और प्रति सप्ताह दौड़ने वाले दिनों की संख्या बढ़ाने के लिए तैयार नहीं हो जाते, तब तक बहुत सारी कैलोरी जलाएंगे।

3. **पुनर्प्राप्ति की उपेक्षा न करें**

वजन कम करने और फिट, फिट धावक बनने की कुंजी लगातार बने रहना है। यदि आप पुनर्प्राप्ति की उपेक्षा करते हैं, तो आप उतनी बार दौड़ने में सक्षम नहीं होंगे, और आपके लिए अपने फिटनेस लक्ष्यों तक पहुंचना अधिक कठिन होगा।

प्रत्येक कसरत के बाद, एक पुनर्प्राप्ति दिनचर्या की आदत डालें जिसमें निम्नलिखित शामिल हैं:

• बर्फ: मामूली दर्द और दर्द इस प्रक्रिया का हिस्सा हो सकते हैं। जब आपके शरीर को दौड़ने के तनाव की आदत हो जाती है, तो अपने घुटनों, टखनों, पीठ या शरीर के किसी भी अन्य हिस्से पर

20 से 30 मिनट तक बर्फ लगाएं, जहां दर्द हो रहा हो।

- खींचना : दौड़ने के बाद स्ट्रेचिंग करेंगतिशीलता में सुधार कर सकता है और आपके वर्कआउट के अगले दिन आपकी मांसपेशियों को कम जकड़न और दर्द महसूस करने में मदद कर सकता है।

- आराम: अपने पूरे सप्ताह में, अपने शरीर को ठीक होने के लिए 1-2 दिन का आराम शामिल करें।

- पोषण:पौष्टिक आहार लेनावर्कआउट के तुरंत बाद भोजन करने से आपको तेजी से ठीक होने, मांसपेशियों को हासिल करने और वसा कम करने में मदद मिलती है।

4. सही रनिंग जूते खरीदें

सामान्य तौर पर, भारी धावकों को ऐसा करना चाहिए दौड़ने वाला जूता चुनें एक मिडसोल(Midsole) के साथ जो मजबूत पक्ष पर है। पॉलीयुरेथेन या ईवीए(EVA) सामग्री से बने सघन मिडसोल आपके जोड़ों के लिए प्रभाव पर अधिक

कुशन प्रदान करते हैं और हल्के सामग्री की तुलना में लंबे समय तक चलते हैं। चोट से बचने के लिए अपनी व्यक्तिगत ज़रूरतों के अनुसार जूता चुनना भी महत्वपूर्ण है। पैर की गतिशीलता, आर्च औरपैर का प्रहार सभी कारक इस बात पर निर्भर करते हैं कि कौन सा जूता आपके लिए आदर्श है। यदि आपके पास चाल विश्लेषण नहीं है, तो एक विशेष रनिंग स्टोर में जाना एक अच्छा विचार है जहां आप ट्रेडमिल पर अपने पैरों की चोट का अवलोकन कर सकते हैं। आप यह निर्धारित करने के लिए कई जोड़ी जूते भी आज़मा सकते हैं कि कौन सा विकल्प आपके लिए सबसे उपयुक्त है।

भारी धावकों के लिए यह भी महत्वपूर्ण है कि वे 700 से 800 किलोमीटर के आसपास जूते पहनने की निगरानी करें और पुराने जूतों को नए जूतों से बदलें।

5. सही गियर प्राप्त करें

किसी भी अन्य खेल की तरह, सही गियर आपके समग्र अनुभव को अधिक मनोरंजक बना सकता है और कुछ मामलों में, चोट लगने से बचा सकता है।

आपके जूतों पर पूरा ध्यान देने के अलावा, यहां कुछ अन्य चीजें भी हैं जो सड़क पर आपकी मदद कर सकती हैं। संपीड़न चड्डी (compression tights) आपको अतिरिक्त सहायता दें, दर्द कम करें और बाहों और पैरों में सूजन को रोकने में मदद करें। दौड़ने के लिए विशेष कपड़ों की तलाश करें जो आरामदायक हों और ऐसे कपड़े से बने हों जो अत्यधिक पसीने को समस्या बनने से रोकने के लिए नमी को सोख लेते हैं।

संजय बनर्जी

2021 के लिए रनिंग लक्ष्य

दिसंबर 2020 के महीने में मेरे तीन दौड़ने वाले दोस्तों का COVID-19 पॉजिटिव परीक्षण किया गया था। भले ही वे सांस लेने में कठिनाई, सीने में दर्द और तेज बुखार जैसे वायरस के अधिक गंभीर परिणामों से पीड़ित नहीं थे; वे दस्त और सिरदर्द के बाद गंध और स्वाद की हानि जैसे हल्के लक्षणों से पीड़ित थे। दो सप्ताह के होम क्वारंटाइन के बाद, वे एक बार फिर सड़क पर उतर रहे थे। शायद 2020 का सबसे बड़ा सीखने का अनुभव, जिसे मैं 2021 में प्रचारित करना चाहूंगा, वह यह है कि शारीरिक रूप से फिट रहना 2021 के लिए सबसे महत्वपूर्ण मानदंड है। यह एक दिन आपके जीवन को बचा सकता है, जैसा कि मेरे दौड़ने वाले दोस्तों के लिए हुआ था।

सच तो यह है कि हम नहीं जानते कि दौड़ें दोबारा कब खुलेंगी। कई लोग सोचते हैं कि यह मार्च या अप्रैल 2021 में होगा, लेकिन इसकी कोई गारंटी नहीं है। टीकाकरण शुरू करने के लिए टीकों को सरकारी

मंजूरी के लिए तेजी से आगे बढ़ाया जा रहा है। मैं एक प्रेरक चुनौती की तलाश में हूं, उस भयानक वर्ष की भरपाई करने की कोशिश कर रहा हूं, जिसे हमने अभी-अभी पार किया है।

इस तथ्य से छिपने और यह दिखावा करने के बजाय कि सब कुछ जल्द ही सामान्य हो जाएगा, पहले से योजना बनाना बेहतर है ताकि आप नए साल के लिए तैयार रहें। 2021 की तैयारी के इच्छुक धावकों के लिए यहां कुछ सुझाव दिए गए हैं:

1.तीन से पांच धावकों के अपने समूह के साथ अपने शहर या कस्बे के बाहर दौड़ना, जो कार में यात्रा कर सकते हैं, आपको जलयोजन तरल पदार्थ, इलेक्ट्रोलाइट्स और हल्के जलपान के साथ साइकिल चलाने वाले दोस्तों के साथ ग्रामीण इलाकों या राष्ट्रीय राजमार्ग पर मैराथन दौड़ने के लिए प्रेरित कर सकते हैं। दौड़ के दौरान शारीरिक दूरी और दौड़ से पहले और बाद में मास्क लगाने के साथ हाथ धोने की कोविड सावधानियों का पालन किया जाना चाहिए। विचार यह है कि घर से दूर किसी ऐसे स्थान पर दौड़ें जहां रात्रि विश्राम न हो।

2.जो लोग अधिक जोखिम उठाने की क्षमता रखते हैं वे किसी पहाड़, जंगल या समुद्र तट की यात्रा कर सकते हैं। विचार यह है कि दृश्यों में बदलाव किया जाए। यदि आप किसी गर्म जगह पर रहते हैं, तो किसी ठंडी जगह पर जाएँ और इसके विपरीत। यदि आप जंगल में दौड़ने के आदी हैं, तो शायद रेगिस्तान में दौड़ने का प्रयास करें। हमेशा उन लोगों के साथ दौड़ना याद रखें जिनसे आप परिचित हैं। यह वायरस के संक्रमण के जोखिम को कम करता है।

3.2021 के लिए रेसिंग पूरी तरह से बोर्ड से बाहर नहीं है, लेकिन जो भी घटनाएँ घटित होंगी, वे संभवतः वर्ष के अंत में घटित होंगी। कई वसंत दौड़ें पहले ही रद्द कर दी गई हैं याशरद ऋतु में ले जाया गयाऔर हालांकि यह शायद ही इसकी गारंटी देता है कि वे घटित होंगे, यह कम से कम उन्हें आगे बढ़ने का एक बेहतर मौका देता है। यदि आप 2021 में कुछ बड़ी दौड़ में भाग लेने की सोच रहे हैं तो कई आयोजन आयोजकों के नेतृत्व का अनुसरण करें और 2021 की दूसरी छमाही तक रुकें।

4.वर्चुअल रेस धावकों के लिए अच्छी खबर, जो 2020 के दौरान व्यस्त रहे, यह है कि अधिकांश प्रसिद्ध वर्चुअल रेस आयोजकों ने दूरी और समय दोनों मानदंडों के साथ लीडरशिप बोर्ड के साथ पूरे वर्ष के लिए चलने के कार्यक्रम बनाए हैं। उनमें से कुछ सबसे लंबी दूरी और सबसे तेज़ समय के लिए आयु समूह पुरस्कार भी प्रदान करते हैं। आकर्षक पदक, ट्रॉफियां और डिजिटल प्रमाणपत्र हर महीने के अंत में धावकों का स्वागत करते हैं और यात्रा दिसंबर 2021 तक जारी रहती है।

5.व्यक्तिगत लक्ष्य और चुनौतियाँ निर्धारित करें। पूरी तरह से वर्चुअल सीज़न के साथ चलते हुए, आप 2021 के लिए व्यक्तिगत चुनौतियों से भरे साल की योजना बना सकते हैं। महीने के हर दिन थोड़ी दौड़ लगाने का प्रयास करें या हर दिन एक अलग दूरी तय करें या सप्ताह में तीन बार दौड़ने का प्रयास करें- छोटी-मध्यम-लंबी दौड़ . आप जो भी चुनें, उसे मज़ेदार बनाएं।

6 .अपने शहर में स्थानीय रन खोजें। हर कोई हजारों अन्य धावकों के साथ बड़ी प्रतियोगिताओं में

भाग लेना पसंद करता है, लेकिन इसकी अत्यधिक संभावना है कि इस आकार के क्षेत्रों को कुछ समय के लिए अनुमति नहीं दी जाएगी। हालाँकि, आने वाले महीनों और वर्ष में छोटी दौड़ों को चलाने की बेहतर संभावना है, इसलिए यदि आप 2021 की योजना बना रहे हैं, तो अपने कार्यक्रम में स्थानीय दौड़ों को जोड़ने पर विचार करें। जैसा देश भर में कई आयोजन पहले ही साबित हो चुका है कि छोटे मैदानों वाली दौड़ को वेव स्टार्ट, सामाजिक दूरी और अन्य नियमों के साथ सुरक्षित रूप से चलाया जा सकता है कोविड-19 दिशा-निर्देश जगह में। याद रखें कि 2020 में, जाने-माने दौड़ आयोजकों ने सरकारी मंजूरी के साथ विशिष्ट धावकों के लिए दौड़ का आयोजन किया था, जिसमें बाकी धावक अपने प्रवास के शहर में अकेले दौड़ रहे थे। समय निर्धारण उद्देश्यों के लिए धावकों के बीच समानता की भावना प्रदान करने के लिए एक सामान्य ऐप का उपयोग किया गया था।

2021 के लिए अपने चल रहे लक्ष्यों को बनाए रखने के लिए, आपको निम्नलिखित पहलुओं का भी पालन करना होगा:

उचित मात्रा में खाएं: कुछ लोग वजन कम करने के लिए बहुत कम खाते हैं या बिल्कुल नहीं खाते हैं। यह बहुत ही अस्वास्थ्यकर प्रथा है. बहुत कम लोग बहुत अधिक खाते हैं। आपको उचित रूप से संतुलित आहार लेना चाहिए और सही मात्रा में खाना चाहिए। अपने आहार में विटामिन, खनिज, कार्बोहाइड्रेट और प्रोटीन की सही मात्रा शामिल करें। थोड़ा-थोड़ा भोजन करें, लेकिन अधिक भोजन न करें या खुद को भूखा न रखें। इससे आपके शरीर को सभी जरूरी पोषक तत्व मिलेंगे और आप फिट रहेंगे।

अपने कार्डियो वर्कआउट को गंभीरता से लें: आपको अपने कार्डियो वर्कआउट को गंभीरता से लेना चाहिए। कार्डियो व्यायाम आपके दिल के स्वास्थ्य में सुधार करता है। यह रक्त को तेजी से पंप करके रक्त परिसंचरण में भी सुधार करता है। इस तरह आपके सिस्टम में अधिक ऑक्सीजन होती है, जो

आपके मस्तिष्क और हृदय के लिए स्वस्थ है। आप चलने, जॉगिंग या दौड़ने का विकल्प चुन सकते हैं। कार्डियो एक्सरसाइज घर या जिम में ट्रेड मिल पर भी आसानी से की जा सकती है।

अपने कैलोरी सेवन पर ध्यान दें:जब भी आप किसी खाद्य पदार्थ का सेवन करें तो यह सुनिश्चित कर लें कि आप कितनी कैलोरी का सेवन कर रहे हैं। अपने कैलोरी सेवन पर बहुत गंभीरता से ध्यान दें। अधिक मात्रा में कैलोरी से वजन बढ़ सकता है, जो आगे चलकर हृदय, किडनी और लीवर की बीमारियों को जन्म देगा। फिट और स्वस्थ रहने के लिए आपको केवल आवश्यक संख्या में कैलोरी का उपभोग करना चाहिए और जितनी भी अतिरिक्त कैलोरी ली जाए उसे जला देना चाहिए। अपने (बीएमआई) बॉडी मास इंडेक्स का पालन करने का प्रयास करें।

पानी सेवन:आपके शरीर में 70% पानी होता है। इसका बहुत महत्व है और पानी या तरल पदार्थों का सेवन आपको फिट रखेगा। आपको अपने शरीर को आवश्यक पानी की मात्रा प्रदान करने के लिए

ताजे फलों के रस, सब्जियों के रस, प्रोटीन शेक और ऐसे किसी भी अन्य तरल पदार्थ का सेवन करना चाहिए। पानी आपकी त्वचा के लिए अच्छा है. यह आपको अंदर से बाहर दोनों तरह से स्वस्थ रखता है।

पर्याप्त नींद:सारा काम और कोई आराम न होना आपको अनुत्पादक बनाता है और आपके स्वास्थ्य को प्रभावित करता है। अपने मस्तिष्क और शरीर को सुचारू रूप से काम करने के लिए आपको प्रतिदिन 8 घंटे तक की नींद लेनी चाहिए। नींद आपके सिस्टम को पुनर्जीवित करती है और आपको नई शुरुआत करने में मदद करती है। अपने फिटनेस लक्ष्यों और स्वस्थ जीवनशैली को प्राप्त करने के लिए पर्याप्त आराम करें।

लेखक के बारे में

संजय बनर्जी

संजय बनर्जी दो पिछली पुस्तकों 'क्रॉसिंग द फिनिशलाइन' और 'द माउंटेनियरिंग हैंडबुक' के लेखक हैं और फ़िनिशर मैगज़ीन में विशेषज्ञ पैनलिस्ट के रूप में फिटनेस पर नियमित योगदानकर्ता हैं।

2019 में संजय 59 साल की उम्र में मुंबई, कुआलालंपुर और सिंगापुर में तीन बड़े एशियाई मैराथन में दौड़ने वाले सबसे उम्रदराज भारतीयों में से एक बन गए।

अप्रैल 2021 में महामारी के दूसरे चरण के बीच, संजय ने 28 दिनों के बेसिक माउंटेनियरिंग कोर्स में भाग लिया और ए ग्रेड

के साथ कोर्स पूरा किया, ऐसा करने वाले वह भारत के सबसे उम्रदराज व्यक्ति थे।

संजय बनर्जी स्टील, कागज और सीमेंट क्षेत्रों में 36 वर्षों के अनुभव के साथ स्नातकोत्तर अध्ययन में पत्रकारिता में स्वर्णपदक विजेता हैं । वह प्रिज्म जॉनसन लिमिटेड से महाप्रबंधक-कॉर्पोरेट इमेज के पद से सेवानिवृत्त हुए। संजय ने 2008 में 48 साल की उम्र में दौड़ना शुरू किया और विभिन्न इलाकों-पहाड़ियों, रेगिस्तान, जंगलों, ऊंचाई, रनिंग ट्रैक और सड़कों पर कई हाफ मैराथन, मैराथन और अल्ट्रा-रेस में भाग लिया है।

www.ingramcontent.com/pod-product-compliance
Lightning Source LLC
La Vergne TN
LVHW041658070526
838199LV00045B/1113
9789360161842